第十九届百花文学奖

散文奖获奖作品集

《散文》《散文海外版》编辑部 编

百花文艺出版社
天津出版传媒集团

图书在版编目（CIP）数据

第十九届百花文学奖·散文奖获奖作品集 /《散文》《散文海外版》编辑部编. -- 天津 : 百花文艺出版社, 2022.1
ISBN 978-7-5306-8150-3

Ⅰ. ①第… Ⅱ. ①散… Ⅲ. ①散文集-中国-当代 Ⅳ. ①I267

中国版本图书馆 CIP 数据核字(2021)第 207430 号

第十九届百花文学奖·散文奖获奖作品集
DI-SHIJIU JIE BAIHUA WENXUE JIANG SANWEN JIANG HUOJIANG ZUOPIN JI
《散文》《散文海外版》编辑部 编

出 版 人:薛印胜
选题策划:汪惠仁　　**编辑统筹**:张森　王燕
责任编辑:徐姗　沙爽　田静　**装帧设计**:任彦
出版发行:百花文艺出版社
地址:天津市和平区西康路 35 号　**邮编**:300051
电话传真:+86-22-23332651（发行部）
+86-22-23332656（总编室）
+86-22-23332478（邮购部）
网址:http://www.baihuawenyi.com
印刷:山东临沂新华印刷物流集团有限责任公司
开本:787×1092 毫米　1/32
字数:128 千字
印张:8.125
版次:2022 年 1 月第 1 版
印次:2022 年 1 月第 1 次印刷
定价:38.00元

如有印装质量问题,请与山东临沂新华印刷物流集团有限责任公司联系调换
地址:山东省临沂市高新技术产业开发区新华路 1 号
电话:(0539)2925659
邮编:276017

百花文学奖

The 19th Baihua Literature Award

散文奖·获奖作品

散文奖·入围作品

百花文学奖
The 19th
Baihua Literature
Award

散文奖

获奖作品

致母亲

李修文

散文
海外版
Essay Overseas Edition

19th
百花文学奖
The 19th Baihua Literature Award

散文奖

李修文

湖北省作家协会主席，代表作长篇小说《滴泪痣》，小说集《浮草传》，散文集《山河袈裟》《致江东父老》等，历获鲁迅文学奖、茅盾文学新人奖、华语文学传媒大奖、时尚先生盛典年度散文家奖等。

农历大年初七，夜深了，小雨不止，阳台上的花倒是开出了几朵，不知道从何处传来一阵男子的哭喊声：妈妈，妈妈！我隔着窗子向外看，四处都黑黢黢的，终究一无所见——这是武汉因为瘟疫而封城的第八天，我早已足不出户，所以，我注定了只能听见哭声，却看不见哭声背后的脸。临睡之前，在一连多日的骇人安静之中，我又看了一个视频：一个感染上瘟疫而死去的母亲被殡葬车运走，她的女儿一边追着车向前跑，一边哭喊：妈妈，妈妈！

——我从来没有像今天这样强烈地想念母亲。

夜来幽梦忽还乡，在梦里，漫山遍野都是母亲：幼时坐客车去县城里看父亲，只差五分钱，车费终于没有凑够，我们被赶下了车，一边走，母亲一边哭；少年时，月光下，我守在稻田的边上眺望着母亲，她将通宵不睡，连夜收割完整片稻田，就算她与我相隔甚远，微风也不断送来了她的汗味；大学毕业后，第一次回家过年，年过完之后，我要再去长春，临别时拒绝了她的相送，但是我知道，她一直跟在我的背后偷偷送我，我一回头，她便跑开了。其后，还是在梦里，我忽然开始上天入地，火车上，大海上，新疆边地，沪杭道中，我一步不停，四处游走，但是，处处都站着母亲。

此中情形，白居易早就写过了："鹅乳养雏遗在水，鱼心想子变成鳞。"他是在说：为了让儿女紧随在自己的身后，鹅会将自己的食物嚼碎之后遗落在水面上，而水中之鱼一心只想着子鱼的身上长出鳞片，唯其如此，它们才能算作长大成人，是啊，只要雏鹅还没跟上，子鱼尚未生鳞，母亲们便喊也喊不走，推也推不开。所以，管你是在杀伐征战，还是正落荒而逃，反正漫山遍野里都站着母亲，她说你受了苦，你便是千藏万掩，终究也是瞒不住。由是，古今以来，多少笔下云蒸霞蔚之人，只要念及母亲，全都变作了答话的小儿。问你吃了没吃，你就乖乖答吃了没吃；问你暖还是不暖，你就好好说暖还是不暖。再多的花团锦簇，都要听话退下，到了此时，那一字一词，不过是母亲让你咽下的一饭一粥：

爱子心无尽，归家喜及辰。
寒衣针线密，家信墨痕新。
见面怜清瘦，呼儿问苦辛。
低回愧人子，不敢叹风尘。

写下这首《岁末到家》的蒋士铨，与袁枚、赵翼共称为“江右三大家”，其母钟氏，绝非目不识丁之人，自己也写有诗册一卷，且律儿甚严。因为家贫，自四岁起，母亲便以竹篾为器，教他识字，到他十岁，为防他成为膝下之儿，母亲竟怂恿父亲，将他绑在马背上，跟着出门谋生的父亲遍游塞北苦寒之地。出门之前，母亲特地嘱咐他，在路上，不管遇见何等险阻，绝不作惊人之态，绝不发惊人之语。如此，见识方能积成气节；男儿之身，才能安得下一颗男儿之心。果然，就算后来蒋士铨被授翰林院编修，一生作诗也去空疏尚白描，而独重“忠孝节义之心，温柔敦厚之旨”。除了这首尽显人子之心的《岁末到家》。春愁与秋望，灾害与流民，一一写来，如说家常却莽莽苍苍，实在是：母命难违。也从不愿相违。越老，十岁出门前母亲说过的话便越清晰，它们在他的诗里住了一辈子。

晚清之时，翰林院也有一位编修，名叫周寿昌，忠直耿介，无论何人，但凡事非，皆敢犯颜，即便面对煊赫一时的名将赛尚阿，他也直接表奏朝廷，怒斥其作战不力。如此之人，必是群小之忌，非得要除之而后快不可，众口铄金之后，黑的白的全都被涂抹到了他身上，一时之间，人皆不敢近。恰在此时，周寿昌写给母亲的那首《晒旧衣》却不胫而走，多少人读之泣下，这才终于有人站出来表奏朝廷，为他说公道话。这首《晒旧衣》，由此在天下传诵，更是引得当年清明时，诸多不识一字的百姓请人将其写于纸上，再焚烧在至亲的坟头：

卅载绨袍检尚存，领襟虽破却余温。
重缝不忍轻移拆，上有慈亲旧线痕。

妈妈，三十年了！你给我缝制的粗绨衣袍一直还在，衣领已残，衣袖虽破，一手触及，却仍有你的体温，妈妈，就算我想将它重新缝补，终究不忍也不敢轻易地将它拆开，只因为那里有你缝补过的痕迹啊妈妈！这一切，多像唐朝福建的第一位进士欧阳詹所言:“高盖山前日影微,黄昏宿鸟傍林飞。坟前滴酒空流泪,不见叮咛道早归。”——妈妈,你看见了吗,黄昏来了!高盖山前的日头也快要看不见了,可是在我的身边,再也没有了你,满山的林子里,只有回巢的鸟在飞来飞去,你在哪里呢?怎么再也听不见叮咛我早点回来的声音了呢妈妈?

所以,和他们相比,我是多么幸运啊,就在刚才的梦境里,稻田边上,我睡着了,猛然惊醒,这才看见,月光也消失了,微风变作了大风;我站在稻田边四顾,全然看不见母亲的身影,一下子,我的心提到了嗓子眼儿,举步便在稻田里狂奔起来,脚底下,湿漉漉的泥巴飞溅,纷纷扑打在我的脸上和身上,可我什么也顾不上,一意向前,跑两步,再站住,之后又再向前跑,只是母亲在哪里呢?天可怜见,就在我哽咽着几乎要大声哭喊的时候,大风重新变作微风,又送来了母亲的汗味,我循着那汗味上前,一路都踩在母亲刚刚割倒的稻子上,眼泪却终究忍不住涌出了眼眶。

也因此,世间虽说多有堪怜之事,其中最是堪怜的,却是那些终其一生都在寻找母亲的人。

譬如苏曼殊,其人身世,半生成谜,在故国,他是六亲不认的庶生子,年岁及长,他这才知道,就连庶母也并非自己的生母。直至二十五岁,他才东渡日本,第一次见到自己的生母,其后,谒母几令成病,倏忽之间,他竟七次探母,每一回相别,都是欲狂欲死,哪怕别后,他也要假托母亲之口来作诗:“月离中天云逐风,雁影凄凉落照中。我望东海寄归信,儿到灵山第几重?”更有瞿秋白,其母在贫病之中不堪羞辱而吞火柴头自杀之时,年仅四十一岁。闻信归来,跪倒在母亲身边的瞿秋白写道:“亲到贫时不算亲,蓝衫添得泪痕新。饥寒此日无人问,落上灵前爱子身。”自此之后,要我说,这位历劫之子其实早已定居于孤寒之中,诸多因缘与生死,母亲谢世之日便已一一了结,既然已经了结,眼前所见,便无一是苦,也无一不是苦,只不过,就算如此,心中到底还是有一桩事放不下,那就是母亲死后迟迟未能下葬,在写给羊牧之的诗中,这个在未来哪怕死到临头也要耽溺于集句之戏的人,照旧显出了一颗欲了未了之心:

君年二十三,我年三岁长。
君母去年亡,我母早弃养。
亡迟早已埋,死早犹未葬。
茫茫宇宙间,何处觅幽圹。
荒祠湿冷烟,举头不堪望。

子别母尚且如此,母别子又当如何?唐人李贺李长吉,天生鬼才,却只得年二十四岁,其母郑氏,儿丧之后,痛不可当,几无生念,恰在此时,半夜残梦之中,她又见到了儿子,儿子告诉她,他之别母而去,不过是天庭里新添了一座玉楼,天帝令众仙作文以志,皆不能令他称意,故而将儿子从凡间招入天庭,现在,赋已成矣,儿子也已位列了仙班,不信看他生前诗文,世人皆言“贺诗清峭,人物超迈,真神仙中人”,如今,儿子不仅没有受苦,反而归于了无尽清虚,真可算得上是难得的圆满——这幻梦一场,是为名典“玉楼赴召”,杜牧逢人便会说起,李商隐甚至将其写进了《李贺小传》,说到底,都是因为不忍,都是因为要代替李贺紧紧抱住尘世里凄凉的母亲。

说回阳间尘世，安史之乱中，李白也目睹过送别儿子的母亲:“老母与子别,呼天野草间。白马绕旌旗,悲鸣相追攀。”宋亡之后隐居不出的于石，在诗中记下过一位被夫家驱逐的年轻母亲,一边哭行一边回望尚还幼小的儿子:“尔饥谁与哺,尔寒谁与衣。明年尔学行,谁与相提携?”还有元代的与恭和尚,纵算有佛法庇佑,人子之心仍然像大雁一样从寺庙里飞出,在母亲去世后的茅屋之上高旋不止:“霜殒芦花泪湿衣,白头无复倚柴扉。去年五月黄梅雨,曾典袈裟籴米归。”更有常州黄仲则,年仅四岁,父亲便别妻弃子,撒手西去,此后全赖母亲扶持养大,虽说出世便有一身少年豪气,终敌不过世事寒凉,少年变作中年,豪气渐成穷酸气,瞿秋白论及他时有云:“词人作不得,身世重悲酸。吾乡黄仲则,风雪一家寒。”到头来,浑身命数一如其师邵齐焘所说:“性本高迈,自伤卑贱,所作诗词,悲感凄怨。”如此一来,时运断绝,他便不得不一次一次拜别老母,四处飘零谋生,才能换回活命的口粮。也因此,其诗《别老母》一出,虽说通篇都是苦寒之语,却叫天下多少四处奔走又一无所获的儿子们鼻子发酸，背过了身去？正所谓“唯彼穷途恸,知余行路难”,一切奔走、徒劳和欲走还留，全都被他说中了：

搴帷拜母河梁去，白发愁看泪眼枯。

惨惨柴门风雪夜，此时有子不如无。

就是这样：天底下的忠臣孝子，及至走卒贩夫，又有哪一个，或是危急之间，或是一场生涯的真相大白之日，不想重新做回一条细线，再被母亲穿进手中的针孔呢？明末之际的史可法，困守扬州，先后五次拒绝清军劝降，最终大势难支，破城之日近在旦夕，城破之前，他给母亲写下了最后一封信，信中说："儿在宦途一十八年，诸苦备尝，不能有益于朝廷，徒致旷远于定省，不忠不孝，何颜立于天地之间！今以死殉城，不足赎罪，望母亲委之天数，勿复过悲。儿在九泉亦无所恨，得副将德威完儿后事，望母亲以亲孙抚之。"此一封信，悲意难禁，却又有无尽的慷慨之气溢出纸外，当时后世，但凡读到，有几人不为之哽咽，又有几人不为之胆色一壮？城破之后，史可法被押解至清军统领多铎身前，拒降数十次之后，引颈受戮，因为天气炎热，尸首很快腐烂，直到无法辨认，以至于战后无法收尸，只得以残存衣袍下葬——人间与天上，草木和禽兽，你们何曾有知，离他死去相隔未远，督师白洋河之时，他还写下过给母亲的诗：

母在江之南，儿在淮之北。

相逢在梦中，牵衣喜且泣。

这一首《忆母》，只有寥寥二十个字，不说儿之将死，只说母亲的喜且泣，句句都是白话，字字里却有乱世：是啊妈妈，莫怪我们只能在梦里相逢，只因为，我除了是你的儿子，还是这满目乱世的儿子！事实上，比写下这首诗更早一些时候，史可法以大学士督师扬州，恰逢明将左良玉以清君侧为由进犯南京，史可法只好回师勤王，当他渡江而归，抵达燕子矶时，左良玉早已望风而逃，而扬州势急，他也只好片刻不留，重又挥师渡江至扬州，在燕子矶，当他倚马北望母亲居处，举步难行之际，还曾留下一首《燕子矶口占》：

来家不面母，咫尺犹千里。

矶头洒清泪，滴滴沉江底。

两首诗，四十个字，八十年之后，被那位写下过《岁末到家》的蒋士铨读到，恻隐终究难消，径自上了梅花岭去拜谒史可法的衣冠冢，其时是在乾隆十一年，蒋士铨春闱落第，归途中恰好路过扬州，上了梅花岭，只见残阳如血，人迹与残枝双双萧瑟，满目里唯有孤坟一座，念及阳世之人归家尚有母亲倚门而望，孤魂野鬼却只能在江山易主之后的残山剩水里望江而哭，又念及苏轼名句“岂似凡人但慈母，能令孝子作忠臣”——我的儿，你且行且去，是在尘世做人，还是在地下做鬼，为娘的，什么都遂了你，你要糖，我便给你糖，你要亡，如果，我是说如果，你铁定了心非得要亡，那么，我，也许你去亡。是啊，梅花岭上的蒋士铨所亲近的，不仅仅只有一个孤臣孽子，更有孤臣孽子的母亲，她也会和自己的母亲一样，“见面怜清瘦，呼儿问苦辛”，但是，她终究是一个孤臣孽子的母亲。是为此故，写下《梅花岭吊史阁部》的蒋士铨竟然一反其崇直尚浅之风，尽显激昂之气，开篇即直斥了致使一位母亲丢失自己儿子的南明弘光朝廷：“生无君相兴南国，死有衣冠葬北邙。”而后才说：“碧血自封心更赤，梅花人拜土俱香。”

——写至此处，天快亮了，而我依然没有像现在这样强烈地思念过母亲。

在幽暗的天光下，我看见阳台上的花朵旁边又多出了一颗花苞，然而，花苞边的枝叶，被风吹动，死死地按压住了花苞，就好像知道灾难近在咫尺，母亲们使出了全身力气，这才惊慌失措地拦下了非要出门的儿子。恰在此时，楼里传来了婴儿的哭声，我知道，这个婴儿的母亲，那个年轻的见人就点头的姑娘，因为成了这场瘟疫的疑似患者，此时，一个人正关闭在这个城市的某一处自行隔离，所以一连好几晚，一到后半夜，整个楼里都会响起这个婴儿的哭声，此中情形，多像清代女词人倪瑞璿的忆母之诗：“河广难航莫我过，未知安否近如何？暗中时滴思亲泪，只恐思儿泪更多。”可是，今晚却有不同，婴儿的哭声之后，我竟然听到了他的母亲、那个见人就点头的姑娘的哭声，猝不及防地，我的心底里骤然一紧，终究还是放下了心来，随即，我便听到了那姑娘的笑声，之后，那姑娘再接着哭，接着笑，终于还是号啕了起来：如果我没有猜错，那应该是，结束了隔离的母亲，终于回到了自己的儿子身边。

妈妈回来了！还有，妈妈笑了！幽暗里，我的鼻子也在发酸，记忆却不由分说地将我送往各个与母亲相见之处：还是在幼时，母亲为了补贴家用，挑了一担子的面粉去汉江对岸的镇子上售卖，我也跟着她，亦步亦趋，雾气太大了，上渡船的时候，我几乎看不见她。突然又听见有人落入江水的声音，一下子，我被惊慌裹挟，大声呼喊着母亲，却听不见她的一句应答。我便一边喊，一边在雾气中的人群里横冲直撞，也不知道喊了多久跑了多久，一只手轻轻地搭在了我的肩膀上，我一回头，恰好看见了笑着的、刚刚从江水中爬上船、全身都湿透了的母亲。前些年，正在我债台高筑之际，父亲生病了。我和母亲，全都在北京的医院里陪护，每天中午，母亲都会去食堂里打饭吃，只是每一回都回来得特别晚。这天中午，因为她回来得太晚了，所以我便去找她，半路上，手机响了，我仓皇着去找了一处避风之地接电话，哪里知道，一眼就看见了正在用开水泡着剩饭吞下的母亲，刹那间，我呆若木鸡。然而，此中所见，早已被黄仲则一言道尽：此时有子不如无。所以，最后我并没有上前惊扰，而是跑回了病房去等她。没过多久，我就看见她挂着一脸的笑回来了。

写至此处，天已经蒙蒙亮了。妈妈，此时此刻，如你所知，灾难还在继续；如我所见，阳台上的花苞仍然迟迟没有打开。好在是，那啼哭的婴儿已经重新在母亲的怀中入睡，我也要睡了……

原载《芙蓉》2020 年第 3 期

《散文海外版》2020 年第 5 期选载

大麻哈鱼

李青松

散文
海外版
Essay Overseas Edition

散文奖

19th
百花文学奖
The 19th Baihua Literature Award

李青松

作家。代表作《开国林垦部长》《相信自然》《塞罕坝时间》《万物笔记》等。历获新中国六十年全国优秀中短篇报告文学奖、徐迟报告文学奖、北京文学奖等。

等待,等待,等待,还是等待。

嘭嘭嘭!啪啪啪!终于,无数生猛的影子搅乱了乌苏里江上游江汉子里的宁静,那喧嚣的场面出现了——“达乌依麻哈!达乌依麻哈!”黑嘎爹兴奋不已,左手摁住胸口,念叨着,生怕喊出声来。

“达乌依麻哈”是赫哲语,就是大麻哈鱼的意思,也是谐音呢。早年,赫哲人没有纪年的概念,而是根据大麻哈鱼到来的时令,便知又是一年了。秋风起,白露到,乌苏里江江汉子里就聚满了大麻哈鱼。“驱之不去,充积甚厚,土人竟有履鱼背渡江者。”瞧瞧,鱼多得当地赫哲人可以踩着鱼背过江。

江岸上,景象更是壮观。晒干的鱼坯子摞起来,一垛连着一垛,就像劈柴垛一样蜿蜒数里。赫哲人把大麻哈鱼当马料,马要补膘的时候,就把大麻哈鱼的鱼坯子捣碎,掺在草料里喂马。那马就雄赳赳、气昂昂,撒欢儿尥蹶子,有使不完的劲儿,毛色也亮闪闪的。嗯,“达乌依麻哈”——准时回来的鱼回来了。

黑嘎爹是赫哲族渔民,肿眼泡,高颧骨,额头沟壑纵横,手掌满是老茧。一看就是勤于劳作的人。他用木桨划着一条“威乎”,常年在这条江上打鱼。撒网,下缆钩,也下倒须笼。当然,他还是叉鱼的高手——十几米远的距离,把渔叉抛出去,嗖!能准确命中鱼背。

“威乎”是赫哲语“独木舟”的意思。一根粗壮的黑桦木,截取最好的那段,沉水下沤七七四十九天,捞出来,用凿子凿出一个凹槽。为防木头腐烂变形虫蛀,再涂上一层熬制好的大麻哈鱼油,一条威乎就算做妥了。再配一支白桦木的木桨,就可划着它,下江捕鱼了。

然而,作为独木舟,威乎毕竟太原始了。村主任建议他换一条柴油机动船,一给油门突突突满江跑,又体面又省力气,作业效率也高,可黑嘎爹就是不换。他说,还是威乎好!

黑嘎爹住在江汊子边上一处“撮罗子”里,孤零零的,显得有点另类。撮罗子是赫哲族具有原始气息的原生态建筑物,用若干根粗壮的桦木杆斜立撮在地上,顶端咬合在一起,作为骨架起支撑固定作用。然后再把细一些的桦木杆斜搭铺排在骨架上,外侧覆盖一层桦树皮,相当于挂了一层“瓦片”。里侧呢,用大麻哈鱼皮做内壁,保暖防寒。

高盈丈余,内阔八尺。远观,形如未完全撑开的巨伞;近看,状如征战归来刚卸下的铠甲。撮罗子的门不大,需猫着腰才能进去,只见,里面正中间是个火塘,火塘上方,整日烟熏火燎地烤着鱼坯子,还有一捆一捆的旱烟叶。角落有木板搭的地铺,上面铺着大麻哈鱼皮。旁边摆放的是工具箱、煮奶锅、渔叉和网具等,除了这些东西,似乎也没什么了。哎呀,不对,漏了一件现代化的东西——地铺旁边的小木柜上摆着一个半导体收音机,哑嗓子的单田芳正绘声绘色地讲着《岳飞传》呢。撮罗子虽然有些简陋,但黑嘎爹却住得踏实、安稳,睡觉香。

前几年,政府搞新农村建设,给渔民盖了崭新的海青房(东北民居,全部用青砖青瓦构筑)。每户院内迎门处立一照壁,照壁正面写一大字:福。还给每家配备了彩电、冰箱。不掏一分钱,白住。多温暖的政策啊!政府动员移民搬迁,大多数渔民都喜洋洋地搬进了新居,可黑嘎爹不搬。村主任磨破了嘴皮子,黑嘎爹就是不搬。

考虑到赫哲人的传统习惯，政府主要还是采取尊重赫哲人意愿的原则,不搞强迫,不搞“一刀切”,不搞硬性搬迁。搬有搬的道理,不搬也有不搬的原因嘛,也是可以理解的。

可是,村主任却觉得黑嘎爹不听“招呼”想干啥呀?拿村主任不当干部吗?还是脑子进水犯傻呀?村主任就使出狠招儿,强行把黑嘎爹的威乎没收,让人扛走了。咔嚓一声响,一把大锁把威乎锁进了村委会的仓库里。一下子,断了黑嘎爹下江打鱼的念头。无奈,黑嘎爹只好也搬进了窗明几净、有彩电有冰箱的海青房。一千个不情愿,一万个不情愿呢。黑嘎爹两眼发直,人,蔫蔫的,霜打了的茄子一般,一下没了精神。住进去不到三天就病倒了,浑身奇痒,不思茶饭,胡言乱语。这是什么病呢?

村主任赶紧跑来一看,情形有点不妙。黑嘎爹口里吐着白沫沫就叨叨两个字:“威乎!”请来郎中号脉问诊,也没弄清楚到底得的啥病。有人说,可能是中邪了,请萨满教跳大神的给驱驱邪吧。村主任说,都啥时代了还搞这一套?可是,又能有什么办法呢?也不能出人命啊!就摆摆手说,不妨试试吧。

跳大神的来了,满脸油彩,穿得花里胡哨,坠着响铃的布条条嘀里当啷,手里敲着鱼皮鼓,又唱又跳,装神弄鬼整了半天也没管用。临了,还拎走两条鱼坯子,算是出场的酬资吧。

忽然,村主任想起什么,一拍脑门儿,啊呀,差点忘了!

村主任赶紧派人把威乎扛来,戳到屋中央,指给黑嘎爹看。黑嘎爹的头动了动,睨了一下,立时,眼睛亮了。

村主任骂了一句:“狗日的！一辈子就是个打鱼的命！贱！”

村主任喊人用门板把黑嘎爹又抬回了撮罗子。没出几日,没吃药没打针，病就神奇地好了。那个划着威乎的身影又出现在江面上。江边,那个撮罗子的烟囱里,又飘出淡淡的炊烟。

万万没想到的是,后来,村里搞全域乡村旅游,那些蓝眼睛黄头发的外国游客，最感兴趣的竟是江边黑嘎爹的撮罗子，大呼小叫,赞叹不已。

这个一度差点被时代抛弃的撮罗子，竟成了赫哲族传统渔猎文化的符号,噌地一下,变成了稀罕之物,变得那么有价值了。

那些年,江边的那些散落的撮罗子全部被拆除了,仅存此处,仅有这一个了。村主任后悔不迭,可是,又能有什么办法呢。

这天,黑嘎爹坐在撮罗子门口的一个木墩上,掏出枣木杆的烟袋,点燃,吧唧吧唧,使劲吸了两口。一缕青烟,升腾起来,扩散开去,一点一点被江面上吹来的甜丝丝的风吃掉了。撮罗子旁边的架杆上,挂满了大麻哈鱼的鱼坯子,风一吹,悠悠晃晃,晃晃悠悠。

黑嘎爹用左手大拇指摁了摁铜烟袋锅子里的烟丝,吧唧吧唧,又吸了两口。看看远处渐渐起雾的江面,看看近处满架婆娑摇曳的鱼坯子,心满意足。

可是,一个阴影又罩在他的心口。有那么几年,大麻哈鱼竟谜一般没有来。这是出人意料的。怎么会呢?

一定是出了什么问题。是人蹂躏了海,还是人糟蹋了江?

“一网泥两网草，三网四网没鱼毛。”俗话说，靠山吃山，靠水吃水。赫哲人靠江，吃的就是江，吃的就是江里的鱼。江靠不住了，有人丢下船，上岸去城里打工了；有人卷起网，胡乱抛到木障子边上，抄起镐头开荒种土豆去了。屯子里脑子灵光的人走个精光。没走的，整天蹲在墙根儿晒太阳。

然而，黑嘎爹始终相信，大麻哈鱼一定会回来的。因为，大麻哈鱼是乌苏里江的魂儿啊！

江在，水在流，魂儿就不会丢。

黑嘎爹一直在岸上的撮罗子里等待。虽说手里结着网，忙着活计，但他的心思全在江里。时不时，觑一眼。时不时，觑一眼。凭江面上飞蛾聚群的反常现象，他判断，洄游的大麻哈鱼就要到了。这不，说到就到了。

大麻哈鱼，略似纺锤形，鱼身上有淡青色和粉紫色条纹，腹部有一明显红印。别名：大马哈鱼、达发哈鱼、麻特哈鱼、果多鱼、罗锅鱼，还有……不说了吧，一大串呢。

回到原点。从哪里开始，到哪里辉煌，在哪里终结。这就是大麻哈鱼。任凭什么东西也拦不住它，这东西真是个犟种。

“海外鱼来亿万浮，逆流方口是鳑头。至今腹上留红印，曾说孤东入御舟。”这是清人描述大麻哈鱼的诗。大麻哈鱼主要分布在太平洋，所以也称太平洋鲑鱼。亦海亦江，只要时令一到，中国的黑龙江、乌苏里江就会有大麻哈鱼逆流而上，寻找它们的故乡。有道是：奔死奔活乌苏里，死去活来黑龙江。

大麻哈鱼听到了什么？有一种神秘的声音在召唤吗？

穿越浩瀚的海洋，能准确找到自己的出生地，至今科学仍然无法解释清楚。有研究说，大麻哈鱼的大脑里可能有一种铁质微粒，像指南针一样，能够使它们准确找到前进的方向和出生地点。然而，这毕竟是“可能”，铁质微粒是否真的存在，本身就是一个谜团。

这是一次不可思议的生态循环运动。大麻哈鱼把在海洋中吸收的大量营养物质带到了内陆，哺育了兽类，哺育了鸟类，哺育了森林，哺育了灌木，哺育了菌类，哺育了苔藓，哺育了地衣。大麻哈鱼本身就是一个生态系统呀！

通常，它们在大海里生活四到五年后，进入性成熟期。于是，一个声音便召唤着它们——回家。这似乎不是作为个体鱼的事情，而是一个物种的事情。它们在某个早晨聚集起来，庞大的队伍，浩浩荡荡，向着一个方向出发了。

它们日夜兼程，不辞劳苦，拼死前行，由日本海、鄂霍次克海溯水而上，进入黑龙江或乌苏里江，每昼夜可行四十公里(加上水流速度六十公里，实际上每昼夜要逆水而行一百公里)，劈波斩浪，势甚汹涌，訇然有声，数里可闻。不管是遇到险滩飞瀑峡谷，还是激流漩涡断崖，从不退却，一往无前。为了越过一道一道的障碍，它们不断跳跃，一次、两次、三次……跳跃高度可达两三米，甚至四五米。

途中危险重重，它们全然不顾。在海中，海豚、虎鲸的围剿杀戮不断。在河中，成为棕熊、狐狸和狼的盛宴更是在劫难逃。一个洄游季，一头棕熊就能吃掉两吨多大麻哈鱼。还有白尾海雕、北极鸥也是虎视眈眈。无数食肉动物等着它们呢。它们是美味,也是脂肪。这些家伙,吃得滚圆肥硕,才能得以顺利度过寒冷的冬天。有多少条大麻哈鱼,命丧这些家伙的口中?数也数不清。

有无数的大麻哈鱼死了,也有无数的大麻哈鱼活着,继续,继续,继续前行。它们要去完成那件伟大的事情——繁衍后代,然后死亡。

这一行为,即便生物学,目前也无法给出合理的答案。为什么会这样?许多鱼类有洄游现象,而以死作为代价的洄游,除了大麻哈鱼,还很难说出第二个。

大麻哈鱼洄游最远的里程可达三千五百公里,持续洄游六十余天。整个洄游旅程中,它们居然不摄入食物。这种极端的行为,令人感到不可思议。也许,摄取食物会玷污了至高的目标?也许,摄入食物会扰乱了圣洁的信念?

它们从出生那一刻起,就开始为回到原点做准备了——充分索食,养精蓄锐;积蓄脂肪,锻炼肌肉;强健体魄,锻炼耐力。然而,一旦洄游进入内陆河流,就再也不吃不喝了。我始终弄不明白,它们的能量仅仅是来自体内积蓄的脂肪吗?还是它本来就存在着一种我们无法看见无法感知的神力?

洄游时,大麻哈鱼的体色由银白色变成了红色或紫色。逆流而行的大麻哈鱼,至霜降时游至黑龙江的支流呼玛尔河、汤旺河、木兰达河。它们产下的子,就在它们死去的地方孵化、生长。

生于江河,长于海洋。往来生死,周而复始,一代一代。大麻哈鱼的繁殖,是它生命临到尽头最辉煌的时刻。一次生产,就可产下四千粒鱼子。其子,如同黄豆粒那么大,粒粒饱满,晶莹剔透,像玛瑙一样鲜红。

黑嘎爹说,大麻哈鱼的繁殖地一般都是比较僻静的河段,河底为沙砾地,水质澄清,水流舒缓,水温在五摄氏度至七摄氏度之间。雌鱼追啮雄鱼之尾不放,到达出生地时,全身已经鲜红,这是产子前的体征信号。在布满乱石的河道中用鱼鳍和鱼尾啪啪挖出一个沟槽,便产下鱼子,雄鱼及时释放出精子,受精的鱼子在河水里慢慢孵化。小鱼仔长到足够大,就会离开它们的出生地。每当暮春时节,江河解冻,大麻哈鱼幼仔即乘流冰入海,最远可以到达白令海峡和北冰洋。

大麻哈鱼一生只繁殖一次,一次仅此一回。产子后,雌雄大麻哈鱼就在旁巡护,狠命撕咬敢于来犯者。七八天后筋疲力尽,遍体鳞伤的大麻哈鱼便双双悲壮地死去。河里布满了成千上万的大麻哈鱼的尸体,有些河段江段,堆积的鱼尸长达数里,高达数尺。鱼仔孵化出生后,父母的尸肉,就是它们最早摄入的食物,就是它们开始生命之旅时最初的能量来源。怎么会是这样?我的心一阵战栗。

不能看着鱼仔出生,也没有积蓄留给它们,那就用双双的死,为它们备下食物吧,免得它们一出生就饥肠辘辘。

也许,悲壮的结局能使新的开始更有力量。

大麻哈鱼子,营养成分甚是丰富。俄罗斯远东地区和中国东北很多西餐厅里都有这东西。

哈尔滨中央大街上,马迭尔旅馆对面,有一家始建于 1925 年的老号西餐厅——华梅西餐厅, 里面的西餐是俄罗斯式西餐。据说,那里的大麻哈鱼子非常地道。吃俄式大列巴时,要先用刀切下两片,然后把大麻哈鱼子夹在中间,吃起来才有嚼头,够劲儿。手拿列巴片要用力捏住了,不然鱼子掉下来,噼里啪啦,满地滚。二十世纪八十年代,我在哈尔滨的一个基层法院实习时,曾在拿到一笔稿费后邀几位同学去吃过一次,不是太合口味。吃到嘴里,感觉鱼腥味太重,有点受不了。

但是,俄罗斯人似乎喜欢这东西。我们旁边就餐的俄罗斯人手拿刀叉,咯嘣咯嘣,嘴里嚼着一粒一粒的大麻哈鱼子,表情绝对舒坦。大麻哈鱼子酱也是美味,用它拌米饭吃想不承认奢侈都不行。

大麻哈鱼皮淡黄色,可制成衣服。赫哲人称其为“鱼皮靰子”。此鱼皮柔软、保暖、轻便、耐磨、防水,可染成各种颜色。阳光一照,色彩斑斓。

黑嘎爹会缝制鱼皮衣,是黑嘎爹祖辈传下来的手艺。先将大麻哈鱼的鱼皮剥下来, 在背阴里晾干, 或者在撮罗子里的火塘上烘干,然后去掉鱼鳞,刮掉赘肉,再用木榔头砸,嘭嘭嘭!使其柔韧。此为“熟皮”,就可做衣服、做套裤、做披肩、做褡裢、做帽子和鞋子了。

这是一门手艺活儿,既费功夫,又费时间。一般做一件大麻哈鱼的鱼皮制品,前前后后,需要二十多天才能完成。如今,赫哲人很少穿这种衣服了,只是一些来旅游的游客,觉得好奇,作为工艺品,买走收藏了。据说,北京的国家博物馆专门派人找到黑嘎爹,定制了一件大麻哈鱼皮衣。那是黑嘎爹的荣耀呢。

某日，在俄罗斯远东城市符拉迪沃斯托克（海参崴）打工的儿子黑嘎回来了，还带回一个漂亮的克罗地亚姑娘，名叫冬妮娅。那姑娘水灵灵的，散发着一股紫罗兰香气。蓝眼睛，黄头发，皮肤那个白呀，跟葱白似的！黑嘎爹慌了，悄悄跟黑嘎说，这怎么行呢？人家洋姑娘怎么住得惯撮罗子呢？你们还是去城里吧。黑嘎爹就赶黑嘎带着冬妮娅走。可是，冬妮娅说，她就喜欢撮罗子，哈拉哨！（俄语，好的意思）哈拉哨！赶也不走。还一声“爹爹”、一声“爹爹”地叫着。唉，面对这么嘴甜的克罗地亚姑娘，也真是没办法。

黑嘎和冬妮娅在撮罗子里说说笑笑，时而，也发出一些尽量压低的窸窸窣窣的声音。累了，双双就倒在地铺上睡着了。

当晚，黑嘎爹坐在撮罗子门口的木墩上，吸了半宿旱烟，枣木杆的烟袋握在手里，铜烟袋锅子都烧热了。吸了一袋又一袋。吧唧吧唧，吧唧。撮罗子门口，那团火星，时明时暗。天上的星星倒是清清楚楚，看着黑嘎爹想心事。

吧唧吧唧。吧唧。眼看着头顶上的北斗七星的“饭勺子把儿”都歪了，横竖也想不出个眉目——到底想啥呢？是想起了黑嘎娘？还是想起了别的什么？他自己也说不清。

黑嘎就出生在这个撮罗子里，黑嘎娘生他时难产，导致大出血，血喷四溅。当黑嘎呱呱坠地，睁开眼睛开始打量这个世界的时候，黑嘎娘却永远闭上了眼睛。

一天晌午，江上的空气很闷。黑嘎爹正划着威乎起缆钩，一连起了五个钩了,钩上却是空空如也。怪了,怎么没有一条鱼上钩呢?突然,江对岸的白桦树森林里,传来断断续续的呼救声:救——救命啊——救命!是个女人的声音。黑嘎爹丢下缆钩,掉转威乎赶紧往对岸划,用力,用力,再用力,最后使劲一划,威乎靠了岸。黑嘎爹抄起木桨,疾风般向森林里冲去。

救——救——救命啊!接着,是呜呜呜的呻吟声。怎么只闻声音未见人呀?黑嘎爹腾地收住脚步,立时瞪大了眼睛。只听"嗷"的一声吼,一头黑熊忽地立在他的面前,脖子上的那撮白毛都看得清清楚楚。那呼救的女人被"黑瞎子"(在东北,黑熊俗称黑瞎子)坐在屁股底下,正痛苦地呻吟着呢。说时迟那时快,黑嘎爹抡起木桨,照着"黑瞎子"的嘴巴狠狠打去,啪!木桨顿时炸成数段,飞入灌木丛。而"黑瞎子""嗷"地大叫一声,疼痛难忍,逃之夭夭。

黑嘎爹一看,那女人的鼻子被黑熊的屁股坐塌了,成了"朝天鼻"。脸上一片血糊糊,已经奄奄一息,快不行了。黑嘎爹来不及多想,弓腰把女人背到背上,一路小跑着,就把女人背回撮罗子。早年间,黑嘎爹在完达山深山老林里采的"还魂草",这回派上了用场。三天后,那女人醒了。怎么会在这里?大哥是你救的我吗?一照镜子,发现自己成了塌鼻子的女人。呜呜呜!她大哭起来。

女人老家在四川洪雅，被人贩子拐卖到乌苏里江边一个屯子里,给一个哑巴当媳妇。女人性子烈,当知晓真相后,就趁进林子里采蘑菇之机,逃了。哪知在森林里迷了路,还偏偏遇上了"黑瞎子"。呜呜呜!呜呜呜!眼泪哭干了,女人就不再哭了。剩下的问题是去哪里？怎么活下去？

你有女人吗？黑嘎爹摇摇头。碰过女人吗？黑嘎爹摇摇头。你嫌弃塌鼻子的女人吗？黑嘎爹摇摇头。想要我吗？黑嘎爹点点头。呼吸急促。我要你要我——要吗？黑嘎爹点点头。呼吸急促,腿有些抖。别碰鼻子,别的地方都给你。黑嘎爹点点头。呼吸急促,腿有些抖,体内有一股莫名的东西迅速往上蹿。要留个种吗？要是带把儿的就叫黑嘎吧。四川洪雅老家我出生的那个村子叫黑嘎。黑嘎爹呼哧呼哧喘着,点点头。嗯,黑嘎。

后来,那女人就成了黑嘎娘。

日子,总得一天一天地过,好是过,孬是过,不好不孬也是过。然而,撮罗子里有了女人,那过的日子才是日子呢。

唉,不想不想,怎么又想起这些？黑嘎爹的眼睛有点潮。

黑嘎爹收起枣木杆的旱烟袋,把铜烟袋嘴儿一端,往后衣领子里一插,鱼皮烟口袋坠在胸前,当啷着,悠荡悠荡。他干脆把威乎的缆绳解开,哗哗哗！下江捕鱼了。

黑嘎和冬妮娅在黑嘎爹的撮罗子旁边，又搭起一个更大的撮罗子,开了一家江鱼馆,取名“撮罗子江鱼馆”。江水炖哲罗鱼、红烧江白鱼、咸鱼贴饼子、酱烧大麻哈鱼——四道菜很快闻名遐迩了。

冬妮娅有一双巧手,从江边采来许多野生蓝莓果,找来坛坛罐罐,自已酿制出了蓝莓酒,芳香扑鼻。还弄来四箱土蜂,养土蜂割蜜。蜂蜜是椴树蜜,白蜡一样的白,又稠又黏又甜。某晚,竟引来两只“黑瞎子”光顾,围着撮罗子转圈圈,企图偷吃蜂蜜。幸亏黑嘎爹早有防备；一则蜂箱外加装了铁栅栏装置，"黑瞎子"嘴巴根本伸不进去；二则在铁栅栏外面放了几个玉米棒子，故意让"黑瞎子"偷走，"黑瞎子"得手后，就不再纠缠了。

黑嘎和冬妮娅还抡着镐头，在江边开辟出一小块菜田，种了豆角、黄瓜、小葱、芹菜、莴苣、大头菜和西红柿等，应有尽有，自产自用，其乐陶陶。

"撮罗子江鱼馆"人气巨旺，生意巨好。距离不是问题，只要有美味。佳木斯、绥芬河、同江、抚远、饶河、虎林等城市里的许多人特意开车来吃鱼。当然啦，也顺便瞄一眼那个克罗地亚姑娘——冬妮娅，到底有多漂亮呀！

不久，江边戳起了一座移动发射塔，在撮罗子里也能上网，手机也有信号了。于是，黑嘎和冬妮娅不但经营着鱼馆生意，也做起了互联网生意。网店名曰"撮罗子网店"。网店里卖得最火的东西，就是大麻哈鱼子酱、冬妮娅酿的野生蓝莓酒及椴树蜜，还有就是黑嘎爹缝制的鱼皮制品。订单一个接着一个。黑嘎爹感叹，世道真是跟过去不一样了。

一条江汊子的浅滩上，水流湍急。

一对大麻哈鱼在急流中露出了伤痕累累的脊背，双双的嘴均钩钩着，全身暗红。一条鱼的嘴巴咬着前面那条鱼的尾巴，皮开肉绽的身体扭动着，击打着水流，嘭嘭嘭！啪啪啪！冲过了那道浅滩。

突然，一个黑影在岸边的灌木丛中晃了一下，就隐了。接着，灌木丛一阵乱抖，惊起了两只花尾榛鸡(飞龙)，咕咕咕！咕咕咕！双双飞往森林的深处。原来，那个贪吃的家伙早嗅到了大麻哈鱼的气味,在此已经等候多时。此刻,它出场了。是“黑瞎子”。

然而,出乎意料的是,大树后霍地跳出两个人来,锋利的渔叉拦住了它的去路。“黑瞎子”嘴里呜噜呜噜地叫着,收住了脚步。那渔叉并没有伤害它,叉尖上反倒是甩出一个青玉米棒子,丢在它的面前。“黑瞎子”也出奇的乖顺,叼起那个青玉米棒子,转头看了看江汉子里的大麻哈鱼,悻悻然离去。

终于,那对大麻哈鱼在一处乱石横生的水域双双停了下来,一个声音告诉它们，此处就是它们出生的地方，此处就是它们的家园。真是令人百思不得其解,它们千里万里逆水而行,历经重重艰难险阻,无数同类为此丧命,难道要回的家,就是这一堆乱石？就是这几根横七竖八的水草？

啪啪啪！嘭嘭嘭！鱼鳍用力挖着沟槽——是的,应该就是这里了。

赶紧叉吧！黑嘎心急地说。

黑嘎爹说,嘘！不急。再等等。

他蹲在水边,掏出枣木杆的烟袋,往铜烟袋锅子里装了一锅子旱烟丝,点燃,吸了一口,吧唧,再吸,吧唧吧唧！噗！一口烟雾吐出去,立时,有只蚊子蹬蹬腿,一命呜呼了。

嘭嘭嘭！啪啪啪！沟槽开好了！两条鱼身体挨着身体,互相依偎着,眼神温暖,充满爱意。我们无法知晓,大麻哈鱼之间,肢体动作传递的是什么信号,但可以肯定,那最重要的时刻就要来临。

只见，雌鱼身体颤抖一下，一股黏液包裹着的鱼子喷射出来，喷射到石砾上、水草上、枯木上。雄鱼立即上前，快速把精液喷到鱼子上去。成功了！它们欢呼跃动，几乎是耗尽了所有力气。至此，那创造生命的伟大壮举就算完成了。仅仅几秒钟呀！

黑嘎爹把铜烟袋锅子在一块石头上磕了磕，噗！噗！又用嘴吹了吹余灰，干净了。烟袋插进鱼皮烟口袋里，大半截枣木杆及铜烟袋嘴儿露在外面。他把鱼皮烟口袋扎紧，收起来了。

黑嘎爹站起来，不紧不慢地抄起渔叉，往水里猛地戳了一下，嗖！一条大麻哈鱼被甩到了岸上，又猛地戳了一下，嗖！另一条大麻哈鱼也被甩到了岸上。两条鱼并不挣扎，只是嘴巴咔吧咔吧的，一张一合，一张一合。黑嘎上前，把两条鱼装进鱼篓。鱼篓里啪啦啪啦响了两声，就再也没有动静了。

唉，你媳妇冬妮娅刚生孩子，需要吃这东西补补！嗯！收拾家什。嗯！走，回家。嗯！

一个扛着渔叉，一个提着鱼篓。江边小路上，一前一后，两个身影一晃一晃。远处，雾霭中的撮罗子，隐隐约约。

蒿草上的露水，忽地就湿透了脚面。接着，愈加嚣张的大雾弥漫开来——罩住了江面，罩住了江汊子，罩住了草甸子，罩住了江边上的撮罗子。

一切寂静无声。只是偶尔，大雾深处挤出几声嘶嘶的虫鸣。

原载《广西文学》2020 年第 1 期

《散文海外版》2020 年第 6 期选载

星空下

范晓波

散文 海外版
Essay Overseas Edition

10th
百花文学奖
The 10th Baihua Literature Award

散文奖

范晓波

江西省作家协会副主席。在《人民文学》《十月》等文学刊物发表散文、小说、诗歌近二百万字。五卷本个人文集入选中国专业作家作品典藏文库。

写作的人会警惕情敌一样提防星空之类被抒情化的名词。但在北疆，我既无法抗拒星空的实体，也无法抗拒星空这个词。在被丘陵分割的南方，即便远离了城与村，也很难置身一大片完全不被灯光、烟雾和声音污染的星空下。

那么浩瀚，那么澄澈，那么寂静，对人的思想和体温都有着巨大的吸附力。这样的星空，我拐出借宿的可可托海干部学院大门不出五米就遇上了。像阿尔泰山山腰的云杉林，与荒芜的山体之间一点过渡的植被都没有，路灯乏力的地方，星光马上接管。

9月20日离中秋还有四天，月亮还不是很圆，星空下的细节还很模糊。我往寂静深处走时，右边不时浮出一两声羊叫，左边总能听见大型食草动物反刍时牙齿相互摩擦的动静。定睛细看，羊圈里的羊，有的侧卧，有的站起来打量我，似乎在揣测等待它的是夜宵还是刀子。牛则镇定得多，在泥墙边站着，要么像剪影一样浅睡，要么像钟表那样，把咀嚼的动作弄得均匀而枯燥。

牛粪、羊粪、马粪的气息暗自涌动，干爽的湿润的混在一起，新鲜和沤积了大半个月的混在一起，低空游走的臭味分子浓密得像头顶的星群。我被它们牵着鼻子走，把夜色里几排土坯房的大致格局摸清楚了，大多已废弃，有的从没有玻璃的窗口透出电灯光，我不好意思像个偷牛贼那样蹑手蹑脚地摸索了。这样的夜晚，最绅士的脚步声都可能让安睡的人心惊肉跳吧。

去爬屏风状护卫着小镇的石头山，从远处看它像刀刃一样锋利地朝向夜空，森冷，孤绝，爬上去发现并不陡峭，许多岩石还有浑圆的脊背便于牲畜和人驻留。只是岭外有岭,无法确认最高峰在何处。这里是阿尔泰山脉的一部分,近年曾有饿极的熊和狼闯到羊圈捕食的传闻。我不敢深入太远, 坐在最近的一个山岭看可可托海镇,发现它其实就是电灯从黑暗里挖出的一把弧形镰刀,我的住所在镰尖的位置。镰刀之外,是幽暗的山岭和星空,锯齿形山峰重重叠叠无尽头,如同沙盘地图里的景象。星空则无涯得溢出沙盘。对面山脊上方的一些星星,低矮,晶亮,重量感很明显,像承受不住地心引力,滴水一样不断向地面坠落光泽。

瞬间回到童年时观测星象的感受,神秘,忧虑,但是着迷。个体的渺小和宇宙的无限形成的落差让人陷入醉酒般的晕眩感。像地球引力吸附星光一样,星空也吸附着人的思维与情感。占满大脑的许多人与事,思与念,被悉数聚集,然后像铁屑遇上磁石一样朝着夜空奔散而去。

第二天在额尔齐斯大峡谷,遇上叶片金黄与火红相间的白桦、胡杨,还有从夏牧场向冬牧场转场的羊群、牛群、马群。前者像蔓延的山火,与岩石的铅灰色、额尔齐斯河的碧蓝色构成色彩浓烈的油画。坐在车上,端相机的手朝窗外乱按快门都是好片子,取景框都无须看。后者声势浩大,唯我独尊,穿越公路时无视任何交通规则,再凶悍的货车司机也要温顺地停下来行注目礼。所到之处烟尘滚滚,草木瑟瑟,让人想起古代的战争,以及某种生活方式的背影。

第三天, 踏着鹅卵石涉溪翻铁丝网进入河湾内一片白桦林边的牧场,拍到一个戴着鸭舌皮帽在马背上刷微信的中年牛仔。为了在阳光下看清屏幕上的字,他以极限的弯曲幅度俯身到马颈上,这个奇怪的姿势持续了十来分钟,直到身边感受不到牛羊的热量才猛然惊觉,拍马去追云朵一样在干草地上飘远的羊群。

如同昼与夜的温差,阳光下的额尔齐斯峡谷有多灿烂,星光下的额尔齐斯峡谷就有多清冷,像是烧红的生铁浸过井水冷却下来的样子,搜刮吸收着周遭一切生命的热量。

第二个夜晚我想穿过学院后面的牛舍羊圈往旷野走。短短七八分钟里,皮肤感受到了两次温差。从小镇进入牛舍区气温下降了两三摄氏度。穿过牛舍区进入野地,气温又下降了三四摄氏度。中午时还穿着T恤,现在穿了厚冲锋衣还冻得肌肉紧缩。白天听当地朋友说过,冬天的可可托海是中国的寒极,最低温度可达零下六十摄氏度。

第三夜,月亮圆了许多,我裹上旅行箱里全部长袖的上衣,却没往后山走太远。中午去山脚打探过一次,左边的小路通往远山的牧场,右边的大路连接的是牧民的公共墓地,远远看去,像是一座空无一人的灰色石头城,只是所有建筑比人的城镇按比例缩小了一半。

月光和星光共同照耀着牛羊的居所和两条通往秘境的山路。拖拉机的挡风玻璃和红色外壳闪闪发亮,桦树栅栏和牛的身躯涂在地面的阴影清晰可辨。黄牛奶牛们巨大的瞳仁里也倒映着一些星星。前一晚遇上一个赶牛的牧民,手里晃着手电。第三夜,我在村舍徘徊半夜,也遇上牧民给羊圈添饲料,但他没拿手电,照着月光把事情做得有条不紊。

更多的时间，我蹲在羊圈边闻着膻味，与对我不再感到警觉和好奇的牲畜交换心思。也拖着身影去山后阳界与阴界交界处徘徊许久，灰白色的土路浮在月色星光下，让人既惧怕又向往，似乎持续地走下去，就会进入外星生命的显微镜下，或者，不知不觉闯入另一个时空。

那三个夜晚我几乎走出了自己的身体和大脑，不仅遗忘了人群，也不想美学与情感，心境与平日的差别，比额尔齐斯河到赣江的空间距离还远，我在星空下也给江南的朋友打过电话，反复唠叨的一个意思是：我现在头顶的星空，是我见过的最干净最寂静的，干净得可以望见消失的童年，寂静得能听到血液冲刷血管壁的声响，连南方山野之夜最寻常的虫鸣声都被删除了。可这就是可可托海人的日常，在这样的日常里，他们的内心会有什么不同呢？

可可托海地下的矿种占全疆矿种的百分之六十七，白云母、铍储量居全国首位，城边上就有个世界闻名的功勋矿区，曾在二十世纪六十年代为国家偿还大量外债，城区的宝石店比超市更多。各种宝石随手摆放，多得像天上的星星。不过店老板大多是不以物喜不以己悲的架势，一个表情可以定格很久，对顾客并无太多勾引的激情。这是过于漫长的冬季给当地人性情的馈赠吗？

在树比羊多、羊比马多、马比人多的一处峡谷里，我请视野里唯一一位放羊的哈萨克族小伙用我的相机帮我和羊群合个影，他捣鼓半天终于拍成了两张。然后比画着问我有没有烟，这是他唯一发音准确的汉语单词。可是我有十余年不碰香烟了,只能惭愧地摊摊手走开。

当时记起一个说法，牛仔和牧羊人经常一两个月见不到一个人,路上遇到同类,就会催马过来借个火,沉默着面对面抽完一支烟再分头赶路。烟是阿尔泰山区牧民搭讪的借口和无声的语言。

头一回觉得,不爱抽烟可能也是种性格缺陷。

从可可托海返回乌鲁木齐的飞机上,发现右脚后跟干裂开了,前些年去新疆和西北其他地区,也发生过类似状况,但没有开裂到走路都痛的地步。可能这次在阿尔泰山区的干燥里裸露得太久了,白天在山上攀爬远眺,晚上走在平地上仰望星空。

回到南昌一周,干裂的伤口才缓慢松软滋润起来,它最后的合拢，像星空在记忆里的渐次关闭，包裹了许多语言无法描述的内容。

原载作者散文集《夜晚的微光》

《散文海外版》2019 年第 12 期选载

旧时光

张岚

散文奖

百花文学奖
The 19th Baihua Literature Award

张岚

临沂市作协主席。历获吴伯箫散文奖、齐鲁文学奖、《时代文学》年度奖、沂蒙文艺奖、等，著有散文集《水做的城市》《流年里的花开》等。

每天奔波在纷繁喧嚣的时光里，故乡的老屋却静静地立于心头，无论岁月怎样地流逝，老屋连同童年的记忆、成长的故事、美好的回忆，永远鲜活地站在岁月深处，随时等我“吱呀”一声推开那扇橘黄色的门扉。

故乡的年

寂寂的山村，一迈进腊月的门槛，年的味道便一天比一天浓了起来。

男人们已不再如从前般日出而作，日落才归。他们高大的身躯更多地晃动在自己的家中：每隔五天，他们便从集市上买回过年所需的物品，该洗的洗，该煮的煮，该晾的晾，然后再认真清点所缺物品，等下一个集市时一并买回。许多东西是要用力煮的，因此，他们会抽空为家里准备好一堆如山般的木柴。

这时候，女人们也是一年中最忙的：老老少少从头到脚的新衣需提前定做，自家的男人、孩子不能输给人家；要备好全家直到正月十五之前的所有饭菜，角角落落要清扫；节前节后走动的礼品要备下，招待客人用的酒菜要收拾……她们的日子便总感到不够用。于是，只好每天天不亮便忙在厨房里：蒸上一笼一笼的馒头，做下一箩一箩的糕点，炸出一篮一篮的肉，制上一包一包的豆腐……

这个时候，孩子们是最轻松的了。早上不用再如从前般天不亮就起床，更不用辛辛苦苦听老师的教诲，也不用紧紧张张地面对没完没了的考试。反正一切都可以从明年开始。于是,他们便尽可以早上不起,晚上不睡,约了三两个同学朋友,找个下雪的日子打打雪仗,堆堆雪人……

这样的日子一直忙到腊月二十三，旧的一年是再也不能忙下去了。于是,在这一天里,家家户户把厨房打扫干净,称为“辞灶”,也叫“小年”。这样的日子除能吃炒豆、糖瓜外,还是需要庆祝的,因此,家家户户便“小范围”地张灯结彩,吃顿团圆饭。从第二天开始,便不再烧火蒸煮,厨房的忙碌暂告一个段落,但全家人的衣物需要彻底清洗干净,家里家外更要干净清爽。于是,女人便整天把双手泡在洗衣盆里;抽了空,女人还要修修面,洗洗澡,做做头发。一年里也就这几天,自家的男人可以从容地欣赏自己,更是在众家亲友面前露脸的时候,自然不能马虎;一家人的新衣还要取了来试,虽然很称心,但还是要等到春节后的第一天才穿,便只好放在枕下。

最等不及的,怕是孩子了,他们一天问上几次,让感到还有好多事情没做完的家长心里更感到时间紧迫。对联是不能不写的,红红的纸上写的满是一年的祝福和对来年的祝愿:院门、屋楣、衣柜、粮缸、菜橱,透着喜气和热闹;自行车、摩托车或者是家里的农用三轮,不但有“好人平安”的祝福,更会系上一方如火的绸花；就连院子里的那棵大树也缀上了家人的祝福……许多人家还会买来五色的彩灯当院挂了起来,屋里飘来飘去的气球,并不真就是孩子闹着买来的，许多童心依然的家长也如孩子般欢天喜地牵了回家；许多心灵手巧的姑娘或媳妇还会剪出一窗窗的窗花或一墙墙的热闹。当家家户户张红贴绿的时候，年也便真的来了。远远近近的亲人围坐在一起，最上面坐的一定是一家之主。望着眼前与自己血脉相连的一桌人，看着丰盛的饭菜，听着窗外传来的鞭炮声，过年的气氛也便达到了最高峰。于是，端了杯的"家长"便忍不住来上一句"咱这一家呀……"酒没喝，人却早已醉了。

吃过年夜饭，一家人便在电视跟前一边守岁一边包饺子。饺子大多是荤素两色。因为，来年的第一天，是要吃素的，这样可以预示着一年清清爽爽，不会有什么烦心的事情找到自己的头上。有的人家还会在饺子里放上几枚洗净的硬币，在新年的第一天，吃出硬币的人便会有美好的一年。最热闹的当数孩子了，他们比赛放着各式各样的鞭炮，放出一年的欢喜，更放飞自己的骄傲；虽然他们曾发誓要守岁到天亮，但往往过不到半夜便会沉沉睡去，以至于父母把守岁的饺子端到桌上，他们也只是闭了眼吃不上几口便倒头睡去。但在他们的感觉中，好似只睡了一小会儿便又会被父母摇醒——新年的第一天可是马虎不得。

父母准备好的红包是早就压在孩子的枕头底下了，穿上早已试过几次的新衣，喝上一杯糖水，新年的第一天便从甜蜜开始了。走在街上，到处都是热情的笑脸，到处都是开心的话语。大家要把去年就憋在心里没说完的祝福话说个尽兴。最最高兴的要算老人们了，平时冷冷清清的家，这时却聚满了人：自己的儿孙，关系近些的侄男侄孙,远远近近地都会赶了来,直把老人多皱的脸笑成了一朵九月的菊花。

从春节的第二天起,大家便要带上礼品走亲串门了。于是,寂寂的山路便热闹了许多。每当这时,各家各户都会在心里仔细算计着来往的亲属和需要“打点”的人情。有时,也会有意外的情况,平时并不亲近的人家,这时却会带了两瓶酒几斤点心,走山过水远远地来了,于是,这意想不到的惊喜会让主人从心里对他多了份亲近和感激,便会倾其所有地拿出节前准备好的饭菜,温上一壶老酒,慢慢地喝了开去;过不了一天,主人也会带了一定的礼品再回访过去,于是,并不亲近的两家从此便会亲近起来。

在来来往往、吃吃喝喝中,一个个山村热闹了起来,一家家农户亲爱、亲切了起来。这样一直过了正月十五才算把年过完。

也许是为了对年做一个总结吧,正月十五的时候,家家户户便会燃起各色的彩灯, 最常见的是用萝卜做成的灯了, 大的小的,装满了花生油,点了放在自家的每一个角落。许多心灵手巧的女人,还用面蒸出各种各样的灯:龙、凤、兔、鸟……一直在旁边看着的孩子,便会嚷着让妈妈做一些动物给自己。做母亲的会顺手做出一些动物,顺便放在锅里蒸了,于是,蹦跳着的孩子便会拿着手中的动物,比了起来……

傍晚时分,家家户户便灯火通明了,远远望去,寂寂的山村里,那一簇簇的灯火,真如天上的星星一般。于是,三山五岭里便星星点点起来。孩子们还会找出自家用旧了的高粱秆做成的锅盖、炊帚等，到旷野里用火点了，再比赛着把它们扔到天上……

伴随着渐远的鞭炮声，年，便慢慢地走远了，生活又恢复了往日的样子。但又一年的春节，还会在孩子们的期盼中慢慢地走来。

老屋

故乡的老屋一直站在岁月里，在我回首时，笑意盈盈的她便会与我撞个满怀。

老屋的年龄，应该也有四十年。因为最初的四合院，四家人共用着一个天井，除了容纳四个家庭的鸡犬炊烟外，各家孩子慢慢长大的身影，让原本宽敞的天井显得捉襟见肘，一日一日地局促了起来，于是，父母便省吃俭用，用了近五年的时光，建起了这座老屋。

老屋依山而建，分上下两套房子：西靠着长长的山梁，东邻旧日的四合院子。上边的是四间一溜排开的红色砖瓦房，下边的主房是三间石砌的灰色瓦房，东侧是两间灶房。因为山里多石，院子的四周便是用石头垒砌的院墙。上下两座房子用七层高高的台阶连通，那时日日走在这高高的台阶上，心里总有旧时小姐下绣楼的感觉：步步生莲，袅袅生烟。

二十世纪六七十年代，六口人的家庭不算是最多的人家，在缺吃少穿的岁月里，生活压力的担子也是沉甸甸的。但即使在那样的岁月里，却也因父亲是村里唯一的高小毕业生，勤于珠算，精通毛笔字，竟还藏有《镜花缘》《三国演义》《水浒传》等繁体竖排的书籍，作为儿女，也便成为山里孩子中最早接触文字、拥有画册的幸运儿。那时，父亲每每外出，总会捎些手绘的画册、小人书、儿童故事集，于是，老屋便有了分工，下边的三间房子，里面一间是父母的寝室，外边的两间作为日常三餐、会客的场所，而上边四间房子便作为储藏室、四个孩子的住所以及书房——大大的书桌，随时书写的笔墨，存放在纸箱子里的各色画册。在那个时代的山村，这样的书房，虽然极简，却也是比较稀有和珍贵的。

父母居住的老屋陈设简朴：一进门正对着的是一高一矮两张雕花的桌子，几把简单的椅子。桌子正上方挂着的是领袖的画像，两侧是规规整整的红色对联。画像的西侧是父亲的各式奖状、偶尔参加会议的证章。东北墙上，是一些照片：一张是爷爷奶奶父亲叔叔姑姑以及孩子整齐排列着的全家福；一张是母亲抱着刚出生不久的大哥，父亲站在母亲身边，神情显得很局促，脸上却洋溢着幸福；还有几张，是父亲开会时的集体合照。东侧墙上，则是我和哥哥们各年龄段获得的奖状，整齐有序、自高及低地贴满了一墙。每当晚饭的时候，劳累了一天的父亲便会温上一壶老酒，从自己的第一张奖状或第一个证章说起，说从前的经历，说获奖时的心情，说在整个区里作为代表发言时的紧张和自豪："'哗'，掌声如海啊。"这是父亲最常说的话，最常用的语气词。即使过去了四十年，我仍然会清晰地记起父亲说这句话时陶醉而幸福的表情。这句话，也成为我们兄弟姊妹交流、打趣时的主要用语。母亲则会讲照片的来历，讲与奶奶生活在一起的岁月，讲旧日四合院里的辛酸、孩子们之间的争吵，讲生活的窘迫，怎样在无米的情况下，做出“无米之炊”解决家人的温饱，讲应该怎样发奋，好好读书过不一样的人生。本村串门的叔叔、大娘以及逢年过节来往的亲戚们，则会指着东墙的奖状赞不绝口。每当这个时候，父母口里是谦虚的，脸上是自豪的，心里是骄傲的。每有赞誉，低着头的我们除了开心，更多的是在心里立下目标：这一学期，再挣一个奖状。除了得到大人的赞许，在墙上张贴的位置早就不知看了多少遍。

小院的西侧因为临坡，便种植了密密的花椒树，与石墙一起成了天然的篱笆，一到秋天，花椒特有的香气便会飘到很远，之后是几排桃树、苹果树。春天是花，秋天是果，一个个摘了存在箱子里，竟足够一冬的食用。院子东邻四合院的墙边是几排香椿树，初春，香椿长出细细的叶子，四合院子里的婶婶大娘点火放油后，再拿长长的钩子、隔了院墙拽住香椿的枝条，摘一把也不用洗，三刀两刀切好放在锅里用鸡蛋炒了，也是一种美味。

院子的正中间是一棵很大的槐树。听父亲说，因此树树冠很大，可以在树下乘凉，古人认为槐就是望怀的意思，人们站在槐树下怀念远方来人，想与来人共谋事情。父亲还会随口吟出“槐影本来惟戴日，蝉声固自未知秋”“落日长安道，秋槐满地花”的句子来，那抑扬顿挫的声调，一下就刻在了心里，也许正是因为父亲的这两句诗，才会让我一生对古典文学爱之不够、亲之不尽吧。其实，自树下长大，没见父母与谁在这棵树下谋划大事，这里倒是成为我们盛夏、初秋吃饭时的最好去处：夏天的日子是绵长的，屋里闷热得实在坐不下，家家户户便都把活动的场所转移到院子里。于是，院子最中间的槐树便成了吃饭最好的去处。

中午的时候，下田干活回来，会先到此树下的桌上端起早就凉好的白开水，三两口喝下去，才抬起头望一下树枝间火辣辣的日头，掀起衣襟擦一把满头满身的汗。树上的知了也便“知了、知了”叫得更欢。趴在树荫下张着大口喘着粗气的小狗，只懒懒地抬一下眼皮，就沉沉睡去，全没有日常的精气神。

槐树下的晚饭才正式一些。把简单的饭菜摆在简易的桌上，一家人围坐在桌前，一盘咸菜、一锅清水炖出的白菜、一篮子玉米面或地瓜面做成的窝头。一家人吃着简单的饭菜，说着家长里短，间或，邻院的叔叔婶婶们也会过来，端起碗，喝上一碗菜粥，吃上几块刚出锅的地瓜，亲情乡情也便如乡村的炊烟，在老屋槐树下连绵了起来。槐树底下，一溜排开的三口缸是家里的点睛之物。

山坡陡村，水是稀罕却不可或缺的生活必需品。于是最大最粗的那口缸叫“清水缸”，主要存放自村外河里挑来的生活用水，煮饭、沌汤、饮水全来自于此。家人每天重要的任务之一便是把缸里的水注满，缸的上面盖着分成两个半圆状的圆木盖，每有用时，取半边木盖便舀出清凉甘甜的水。另一个缸叫“浑水缸”，主要存放下雨天的水，用来浇花、喂猪、饮兔。还有一口是用来腌菜的缸。秋天过后,把晾晒过的萝卜一层层撒上粗盐,过不了多久,便成了农家一年四季桌子上少不了的下饭主菜。不记得那缸多深多粗,只知道一年四季总有吃不完的咸菜。

槐树的南边是母亲的小花园,是母亲最在意的地方,无论多忙多累,母亲每天都会精心照料着它们,偶尔还会对我细细地讲解花的种类和习性。记得母亲曾对我说:“每个女孩都是花儿变的,爱花的人,才会生出花一样的女儿。”于是,后来当我读到张爱玲写炎樱的一篇文章的开头“每一只蝴蝶都是从前的一朵花的灵魂,回来寻找它自己”时,我一下便记起了母亲和母亲说那句话时的表情来。早听长辈们不止一次地说过,生过三个儿子后,母亲做梦都想生个女儿,当我来到人世时,不仅是父母,就连邻居家的婶婶大娘都高兴地奔走相告。我不知道,我的到来,是不是母亲终日勤养善种花儿的结果。

在那清贫的岁月,我们家是全村唯一一户四季花香不断的人家。冬天是梅花,大雪封山的时候,山坡村庄都是白茫茫的一片,梅花便在这个时候艳艳地开着,直到今天,那一抹红,一直似昭君出塞时猩红的斗篷般存放在我的心头。秋天便是各色的菊,大头的菊花开出的花朵像玉盘,小朵的雏菊便不起眼地藏在叶间,红的白的紫的黄的,会热闹上一个秋天。高高大大的鸡冠花却有鹤立鸡群的味道,花秆高过人头,花朵大如扫地的笤帚,颜色如醉汉的脸,深得吓人。

最可爱的当属指甲花了,取花朵捣烂,加少许明矾敷于指尖,再用叶裹上一夜,第二天一早,手便成为陆游的“红酥手”。放学后,我总会与邻家姐姐一道,乐此不疲。红的深浅完全自选,深些可多涂几层,否则可少,母亲总叫此花为“懒老婆花”,因为每当傍晚需做饭时,此花方才开放,后来才知,它有一个诗意的名字——凤仙花。夏天里多的是月季、地瓜花,也不修剪,就那么放纵地开着,由于枝长叶宽,下雨的时候,竟成了母鸡带领小鸡们的藏身之处。春天的花就更多了,迎春、海棠、月季,热热闹闹地开个不停。母亲做个篱笆围一围,冬天时堆上一些土杂肥,一年四季便不再管它。因为那时雨水丰沛,阳光充足,它们只管尽情地绽放,我们只负责有一搭没一搭地观赏。

院子的最南边有一棵枣树、两棵梨树。秋天,我最关注的是这棵枣树。从最初站在树下数数,到看着它一天天长大,当树上的大红枣饱满地挂满枝头的时候,母亲便会找来一根长长的竹竿,开始“打枣”,每一颗枣子的落下,都会令我发出一声惊呼。那一篮子一篮子的红枣,几乎都是我个人的专利。母亲每日把香甜、清脆的鲜枣洗了,一日三次放在桌上;其他的晒干收藏,成为冬天的“点心”。虽然那时还没有穷养儿子富养女儿之说,但母亲却是最早践行这个理念的人。

那时,能成为我冬日点心的,除了枣子、瓜干外,还有柿饼,而柿饼的出处,则是来自老屋东侧的柿树。老屋的东侧通往外面的院门,院门东侧紧挨着院墙的,是一棵枝繁叶茂的柿树。树的枝干高过屋顶,树冠很大,苍虬多筋的树干纵横交错伸向四面八方。父亲说，当时选此处建房，并不是看中地基，而是看中了此处这棵高大茂密的柿树。每次放学回家，远远看见柿树，仿佛就进了家门，就看到了双亲。同样是枝繁叶茂，柿树却又与院中间的槐树很有区别，这里主要是妈妈与婶子大娘做针线活的场地，也是夏夜全村人聚在一起纳凉之处。推开饭碗，来不及洗涮，不等招呼大人孩子便都会赶到树下。大人们拿个马扎四处坐着，没拿马扎的便坐在余热尚存的石块上。孩子们拉了家里的草席，拥拥挤挤地跑到草席上玩起了游戏。

几个半大小子早就噌噌地上了柿树，枝繁叶茂的树杈上会同时坐上四五个。即使奶奶、妈妈叫个不停，也仍然坐在树上或蹲在树上嬉戏玩乐，全然不理。树下小一些的孩子，玩着玩着不知何时躺在席上睡着了。父亲们仍然在聊着天，而母亲们则摇着蒲扇驱赶着蚊子……五六月份，当柿子树开花的时候，孩子们就更忙了，哥哥们会噌噌地爬上树，摘上一兜兜的柿子花，再哧溜一下滑下来，然后用长长的针线串起来，编成项圈、头花戴在我的头上，或者挂在我的颈间，有时，会同时长短不一地挂上四五串，我就那么美美地跑来跑去。那份淡淡的香味会一直香到心里，香到梦里。

直到农历七月，农忙是真的来了，家家户户秋收秋种一天紧似一天，而柿子也如同红色的小灯笼挂满了树枝。于是，常年在树上树下房顶屋下运动的哥哥们便一起爬到树上，手脚并用灵活地游弋在伸向四面八方的稠密的树干上。每人身边的树干上用绳索吊着一只竹笼,小心翼翼地摘下柿子后,再轻轻地放入笼里。待竹笼装满,再用绳索放下,母亲和我便在地面上收好。用不了半天,树上的柿子便会所剩无几。别担心树枝太远,树梢太高,哥哥们都会有办法一一“拿”下:枝干伸出太远的,就站着凳子搭上梯子一个个地摘下;太高的,就用一头削成蛇口状的长长的竹竿夹着嫩枝连同柿子一同拿下。但每棵树上都会留下十几只柿子。母亲说:一是喜庆,远远地从外边回家就会看到,就像是一盏盏的小灯笼,在深秋天地间多美;二是留几个给喜鹊吃,喜鹊在咱家吃了甜甜的柿子,明年会来咱家报喜的。

把柿子一个个从树上“拿”下来,生涩的柿子是不能直接吃的,要用恒温的水“焖”上二十四小时后才可以食用。而大部分的柿子却是要去皮后放在瓦或石板地上晾晒,每天还要手工捏制,直到六十天后,干而软、香而甜的柿饼做好了。春节、正月十五敬天的时候,这是必备的物品,最重要的,它们是我冬天不错的点心,会吃到很久。

后来,父母又建起两座房屋,原打算给大哥、二哥结婚时用,我们兄妹四人都参加工作后,渐渐远离了老屋,父母也迁居到了城市,与老屋一别就是二十多年。所有的房子便日渐衰败着,最后仅剩下这处老屋,不时维修一下,作为回老家时歇脚存放物品的所在。更重要的是,因为它承载了旧时的记忆和生活。所以,无论怎样远行,也无论岁月怎样流逝,老屋连同老屋里的一切,都那么清晰地站在岁月的深处,随时等我推开那扇童年的门扉。那门前的柿树，那院中的槐树，沉静、苍郁，便是一个未曾远去的梦。

原载微信平台

《散文海外版》2019年第3期选载

散文 海外版
Essay Overseas Edition

中国时令的内部结构

穆涛

10th
百花文学奖
The 10th Baihua Literature Award

散文奖

穆涛

博士研究生导师、中国作家协会散文专委会委员。著有散文集《俯仰由他》《放心集》《看左手》《先前的风气》，文论集《肉眼看文坛》《平凹之路》《昙花的秘密》等。

春夏秋冬四个字的背后

我们中国的汉字，都是有出处的，每个字都有来头，有本来之义。字是有生命的，一个字造出来之后，跟人一样，会不断地生长。汉字的“身子骨”不长了，但长内存，长含义。英语的单词可以长“身子骨”，在前边或者后边添加字母。汉字不能增笔画，并且为了书写的便捷，还减笔画，由“繁体”而“简体”。汉字的数量是庞大的，也属于芸芸众生。甲骨文约四千个左右，这还只是从地下挖出来的数量，挖是挖出来了，但其中有不少字，尚未破解出含义。东汉的字典《说文解字》收录九千多个汉字，清代的《康熙字典》收录五万四千多个，这些字中，绝大部分不再使用了，不再使用的冷僻字，就像户口本上的亡人，寿终正寝了。今天仍在使用着的，是热字，是生命力超顽强的，输入“国际编码程序”的汉字，约两万一千个，这是为了和国际接轨，电脑可以直接打印生成。而日常生活里常用到的汉字，也就四千个上下吧。

中国的历史长，日子过久了，人心就丰富多元，乃至复杂芜陈，用来表意的汉字自然会多姿多态，一个字，能引申出多层含义，多的，有十几种，乃至几十种。每个汉字，都是一位高深厚道的长者，朴素安详的后面，一肚子的历史烟云。

春字甲骨文写法有多种，通用的是，左右结构，左边的上部是“木”，下部是“日”，右边是“屯”。到篆书时有了变化，写成，上下结构，顶部由木变成了草，底部是“日”，中间是“屯”，屯不仅从音，还会意，是小草发芽萌生时那种卷曲可爱的萌态。春的本意是草木发

生,日在下,是温阳乍暖时候。

夏字甲骨文,,烈日当空,一个人在下边跪着。形态写真,这个时令酷暑熬煎,又值农忙,腿和腰都是弯的。夏字用作季节,含义一是“大”,“万物至此皆长大”,再是“假”,“非真也”,“宽假万物,使生长也”,是假道,是借路,以使万物生长。夏季是过程,这个季节中的万物处于生长期,尚没有结果。

秋字甲骨文非常有趣,是一只蟋蟀在灶台旁鸣叫,,顶部是双须,中间是头,身子、羽翼、长足、底部是灶台。秋天是收获的季节,但这个字在提醒人们,天气转凉,户外的蟋蟀来到灶台旁取暖。秋有两层本意,差不多是相对立的。一层是收获,是喜悦。一层是“揫”,收敛、揫敛,意在收获的时候保持头脑清醒。“岁既顺成,时方揫敛”,“气之揫敛而有质者为阴”。后世刑罚中的“秋后问斩”,也是源取于此。

冬字甲骨文写法简练,,看着像今天的耳机,实际是一根绳子,古人结绳记事,在绳子的两端各打一个结,寓意一年的终结。冬即终,“冬,四时尽也”,“闭塞而成冬,阳气下藏地中,阴气闭固而成冬”。

这四个字的最闪亮之处,是古代的先贤把对天地人的认知浓缩于具体的写法之中。《尔雅》是中国最早的辞典,也是儒家十三经之一,成书于战国年代。“尔”通“迩”,“雅”为标准,书名之意是“走近标准”,《尔雅·释天》中,给春夏秋冬做了三种定义:一种说时候,一种说气候,一种说物候。

说时候:“春为苍天,夏为昊天,秋为旻天,冬为上天”。四季均尊称为天。春天,“万物苍苍然生”;夏天,“言气皓旰”,“旰”古字同“旭”,烈日当头照的意思;秋天的“旻”,本意是烧龟壳依纹路占卜,“旻”也通“愍”,取意悲悯,“旻犹愍也,愍万物雕落”;冬天称上天,“言时无事,在上临下而已”。

说气候:“春为青阳,夏为朱明,秋为白藏,冬为玄英”。春,青阳开动;夏,朱明盛长,遍及万物;秋,气白而收藏;冬,气黑而清英。“青红皂白”这个成语,即据此而来。

说物候:“春为发生,夏为长嬴,秋为收成,冬为安宁”。春季称“发生”,“东风好作阳和使,逢草逢花报发生”。西安有一家百年老字号的饭店,名字就叫“春发生”。夏季称“长嬴”,“嬴”同“盈”,万物充沛生长,“长嬴开序,炎上为德。”秋季为“收成”,冬季称为“安宁”。

春夏秋冬是一年的时序, 与天地一起, 同为世间最基本的制度,古称“六度”。汉代《淮南子·时则训》这么注解六度:“阴阳大制有六度,天为绳,地为准,春为规,夏为衡,秋为矩,冬为权。”“绳者,所以绳万物也;准者,所以准万物也;规者,所以员万物也;衡者,所以平万物也;矩者,所以方万物也;权者,所以权万物也。”这是准绳、规矩、权衡三词的出处,天地为准绳,冬夏为权衡,春秋为规矩。

我所知道的春夏秋冬四个字的含义,大致就这些。

春天是怎么落下帷幕的

农历三月,“毕春气”,春天即将“毕业”。

春天是怎么结束的？先要从风说起。“八面威风”这个词，本意指天有“八风”，一年之中八个环节的季候风，每隔四十五天转换一种风向。立春，“条风（东北风）至”；春分，“明庶风（东风）至”；立夏，“清明风（东南风）至”；夏至，“景风（南风）至”；立秋，“凉风（西南风）至”；秋分，“阊阖风（西风）至”；立冬，“不周风（西北风）至”；冬至，“广莫风（北风）至”。（《淮南子·天文训》）这里边的“至”字，不是来到的意思，与夏至冬至一样，是极致。

《史记·律书》这么记载“八风”：“条风居东北维，主出万物。”“明庶风居东方。明庶者，明众物尽出也。”“清明风居东南维，主风吹万物而西之。”“景风居南方。景者，言阳气道竟，故曰景风。”“凉风居西南维，主地。地者，沉夺万物气也。”“阊阖风居西方。阊者倡也，阖者藏也，言阳气道万物，阖黄泉也。”“不周风居西北维，主杀生。”“广莫风居北方。广莫者，言阳气在下，阴莫阳广大也，故曰广莫。”其中的“维”字，指两个方向的汇合处。

天的风向变了，地上的一切会跟着变化。

农历三月有两个节气，清明和谷雨。清明是二十四节气里唯一以风命名的，清明风是东南风，由东南吹向西北，经清明、谷雨到立夏，吹拂大地四十五天。

天有风气，地有物候。清明和谷雨这三十天，各有三种“物候”，每隔五天一候，共六候。厨师炒菜看“火候”，医生瞅病看“症候”，老百姓过日子复杂，基本是个系统工程，不仅看“时候”，还要看“气候”和“物候”。古代的老百姓没有日历，没有钟表，也没有天气预报，一切都要留心观察。看天吃饭,作息时间表写在天和地上。

清明的三种“物候”:初候“桐始华”,桐树开花;二候“田鼠化为鴽”,鴽,鹌鹑科,田野里鴽鸟增多;三候“虹始见”,空中出现彩虹,虹是“阴阳交会之气”。

谷雨的三种“物候”:初候“萍始生”,水面见浮萍,“萍,阳物,静以承阳”;二候“鸣鸠拂其羽”,布谷鸟长大了,浅飞低翔;三候“戴胜降于桑”,戴胜鸟在桑树间,寓意蚕妇勤行,“女功兴而戴胜鸣”。

农历三月是季春之月,万物由萌芽期进入生长期,“生气方盛,阳气发泄,句者(勾曲的芽)毕出,萌者尽达”。春天在这样的氛围里慢慢落下帷幕。

古代先贤做出这么细致的观察,不是单纯的科学研究,而是国家管理的目的。“顺天而治”,指的是顺天时而治。

《礼记·月令》对农历三月的政府行为有具体的规定,“月令”,是老天爷在每个月发布的命令,归纳一下,大致有八个要点:

1.“是月也……不可以内。”“发仓廪,赐贫穷,振乏绝。”这个月不允许征税。正值青黄不接时候,开仓放粮,赈济贫困。

2.“勉诸侯,聘名士,礼贤者。”古代选聘国家的人才,放在三月进行。

3.农官和河湖官员全国大巡行,“时雨将降,下水上腾,循行国邑,周视原野,修利堤防,道达沟渎,开通道路,毋有障塞。”

4.动物繁殖季节,禁止滥捕,严禁捕猎用具出城门。“田猎罝罘、罗网、毕、翳、餧兽之药,毋出九门。”罝罘、罗网、毕,捕猎兽鸟的网。

翳，猎人用的掩体帐篷。馁同喂。

5.“禁妇女毋观，省妇使以劝蚕事。”这个月，不鼓励女子乔装打扮出行，“后妃齐戒，亲东乡躬桑”。王后、妃子带头率行。这个月减少家妇活，以劝蚕事。

6.“命工师令百工审五库之量：金、铁、皮、革、筋、角、齿、羽、箭、干、脂、胶、漆、毋或不良。”这个月进行生产用品全国质量大督查。

7.“是月也，乃合累牛腾马，游牝于牧。”累牛腾马是雄性，牝是雌性。在这个月，牛马交配是重要的工作之一。

8.“九门磔攘，以毕春气。”磔，肢解用作牺牲的动物。这个月，择吉日，在都城九门分别杀牲，攘除凶邪，以阻止春夏交接阴阳交合时节的不正之气。

农历三月，《礼记》警告政府不要乱作为：“季春行冬令，则寒气时发，草木皆肃(枝叶不振)，国有大恐。行夏令，则民多疾疫，时雨不降，山林不收。行秋令，则天多沉阴，淫雨蚤(早)降，兵革并起。”

五月的隐衷与禁忌

农历五月，依照十二地支的月历次序，属午，因而又称午月。端午，是五月初五。古代中国人对这个月有顾虑，甚至有恐惧。五月不宜盖房子，“五月盖屋，令人头秃”。五月上任的官员就此止步，“五月到官，至免不迁”。这个月，须处处谨慎行事，“掩身，毋躁，止声色”。夫妻房事也暂停，一些地方的民俗，新媳妇要送回娘家住一个月，叫“躲五”，这个月播种出生的孩子，男伤父，女伤母。在古代，五月还称“毒月”，上中下旬的五、六、七日，合称“九毒日”。古代的这些认识，与对瘟疫的恐惧有关联。五月阳气炽盛，但阴气滋生，阴阳交争易发瘟邪。“九毒日”，用今天的话表述，叫“瘟疫高发期”。端午，是“九毒日”之首，在汉代，这一天要举行国家大祭祀驱瘟。把这一天确立为节日，是唐代之后(此说依据马汉麟先生)，但这个节日的含义特殊，不是节庆，可以理解为古代的“全民防疫日”。

我说说汉代时候，人们对端午的一些认识：

十二地支纪月，月首从农历十一月开始。这是我们中国人的天文观，十一月里有“冬至”节气，冬至是一回归年的起点，这一天，阳气由地心上行，也称“一阳”，“今日交冬至，已报一阳生”“冬至大如年，纳履添新岁”。阳气在地下运行四十五天，“立春”那天到达地表，“立春”也叫“三阳”，这是“三阳开泰”一词的来头。子，对应农历十一月，丑是腊月，寅是正月，卯是二月，辰是三月，巳是四月，午是五月，未是六月，申是七月，酉是八月，戌是九月，亥是十月。这个纪月次序，以“冬至”(12 月 22 日前后)为一年的开始，与西历公元纪年的“元旦”(1 月 1 日)，有一周左右的差距，这是东西方观测天象所占据的地理位置导致的，古代中国人是站在黄河流域(具体是渭河)，仰观天象，俯察地理。

中国古代用“天干”和“地支”纪年，十天干，甲乙丙丁戊己庚辛壬癸，与十二地支依次序互动，六十年一轮回。天干地支的含义是形象的，即树的干和枝。“夫干犹木之干，强而为阳。支犹木之枝，弱而为阴。"这是"干支纪元法"的基本概念。

十二地支的每一支,有具体的含义和指向:子即"兹",一阳初动,万物由此萌动。丑是"纽",阳气上通,阴气固结已渐解。寅是"演",万物衍然而生。卯是"冒",万物出地表。辰是"震",蛰伏的动物苏醒,蠢蠢而动。巳,本义是胎儿,引申为后嗣,生机旺盛。午是"杵",舂米的木杵,引申为"啎",抵触、忤逆。"五月,阴气午逆阳,冒地而出。"(《说文解字》)"午者,阴阳交"(《史记·律书》),阴气和阳气交相抵触。未是味,万物成长,有滋有味。申是神,"七月,阴气成,体自申束"。酉,本义是酒的器皿,引申为"成就","八月黍成,可为酎酒"。戌,本义是宽刃兵器,引申为"灭","九月阳气微,万物毕成,阳下入地"。亥时"荄",草根。"十月,微阳起,接盛阴","阳气根于地下"。

午,在一天的时辰里,对应十一时至十三时之间,是最热的时候。在一年中,对应五月,是最热的季节。这个月里,有"夏至","是月也,日长至,阴阳争,死生分"(《礼记·月令》),夏至,不是夏天到来,而是夏之极致。这一天,白天时间最长,是"阳极"。中国古代哲学讲究辩证法,"阳极"之中藏着"阴变"。这一天,阴气由地心开始上行,称"一阴","夏至一阴生,阴动而阳复于静也"(《周易正义》)。"璿枢无停运,四序相错行。寄言赫曦景,今日一阴生。"(权德舆《夏至日作》,此公为唐人)。这一天,阴气上行,与阳气抵触,纷相争扰。汉代的《淮南子·天文训》对五月的概括是,"阴生于午,故五月为小刑,荠、麦、亭历枯"。一阴生于夏至,五月已有轻度的肃杀之气,荠菜、麦子、葶苈子等植物枯黄。

五月也称“毒月”，上中下旬的五六七日，合称“九毒日”，再加上五月十四“天地交泰日”，共十天，是传统认识里的“疫情多发期”。进入五月，长江流域是梅雨季，雨多，溽热，潮湿，吃的穿的住的用的易霉变。在黄河流域，蝼蛄（蝲喇蛄）、螳螂等害虫现身，而且这个季节，北方最怕干旱，旱则百虫生，秋收基本就没有指望了。端午这一天，是“九毒日”之首，从汉代开始，这一天要举行国家大祭祀，用以南方防疫，北方祈雨。“命有司为民祈祀山川百源。大雩帝（祈雨祭祀），用盛乐（祭祀时多种乐器合奏）。乃命百县雩祀，百辟卿士有益于民者，以祈谷实。”（《礼记·月令》）“乃命渔人伐蛟取鼍（扬子鳄一类），登龟取鼋。令滂人（湖政官员）入材苇（湖畔蒲苇）。命四监大夫，令百县之秩刍（有防疫效用的百草），以养牺牲，以供皇天上帝、名山大川、四方之神、宗庙社稷，为民祈福行惠。”（《淮南子·时则训》）今天的民俗里，仍散落着当年国家大祭祀的一些细节，门前悬菖蒲、艾草，苇叶包粽子，雄黄酒涂于孩子额头、手心、脚心等。《礼记·月令》中“乃命百县雩祀，百辟卿士有益于民者”这句话，指各地的祭祀要因地制宜，多挖掘一些有影响的历史人物，“百辟卿士”，以使祭祀免于形式主义，贴近老百姓的生活，“有益于民者”。端午节与屈原的关联，当年应该是这么挖掘出来的。

古人对天地的观察是细致入理的。五月有“芒种”和“夏至”两个节气，各十五天。每个节气又分为“三候”，候，是时令变化后发生的自然界状态，五天为一候。芒种三候：初候，螳螂生；二候，伯劳始鸣；三候反舌无声。伯劳和反舌是两种鸟，一种开始叫，一种不再发声。夏至三候：初候，鹿角解，鹿是阳物，此时一阴生，遇阴气，鹿角脱落；二候，蜩始鸣，蜩是蝉；三候，半夏生。半夏，中草药一种，生于此时，故名半夏。

《礼记·月令》对五月里人们的行为有具体的规范和建议，归纳一下，大致有七种：

1.“仲夏之月，其帝炎帝，其神祝融。”五月的主宰，天帝是炎帝，天神是祝融。两位均是火神，居南方。五行属火，主色是赤。

2.“命乐师修鞀鞞鼓，均琴瑟管箫，执干戚戈羽，调竽笙埙篪，饬钟磬柷敔(上述均为祭祀乐器)。命有司为民祈祀山川百原，大雩帝，用盛乐。乃命百县雩祀，百辟卿士有益于民者，以祈谷实。”

3.“令民毋艾蓝以染，毋烧灰，毋暴布。门闾毋闭，关市毋索。”这些是防疫的具体措施，不以蓝草染布，不烧灰湅布，不晒布。家门街户多通风，关隘和市场畅通。

4.“是月也，日长至，阴阳争，死生分。毋或进。”这个月，阴阳纷扰，严禁给君主进献嫔妃。

5.“君子齐(斋)戒，处必掩身，毋躁，止声色。”斋，指养斋心，心安是斋。吃素食不是斋，是戒。有些人天天吃素食，但做出的事，比吃生肉的还凶猛，这样就和“斋”这个字有距离了。止声色，夫妻间房事这个月暂停。

6.“是月也，毋用火南方。可以居高明，可以远眺望，可以升山陵，可以处台榭。”这个月，宜登高远望，但登高先要知自卑。知自卑，戒自大，才有自重，这是中国人的生存哲学。

7.五月,给政府乱作为的警告是:“仲夏行冬令,则雹冻伤谷,道路不通,暴兵来至。行春令,则五谷晚熟,百螣(蝗虫)时起,其国乃饥。行秋令,则草木零落,果实早成,民殃于疫。”

原载《美文》2019年第6期、《文艺报》2019年4月

《散文海外版》2019年第12期选载

南方，南方

王开岭

散文
ESSAY

百花文学奖
The 10th Baihua Literature Award

散文奖

王开岭

作家、媒体人。主创《24小时》《看见》等电视栏目，参与《感动中国》等节目撰稿。有《激动的舌头》《精神明亮的人》《古典之殇》《精神自治》等散文随笔集出版。历获上海萌芽文学奖、在场主义散文奖、百花文学奖等。

北方,北方

1992 年夏,大学毕业的次年,单位组织去北戴河。

暮色中,大客车沉重地发动了。从鲁西南向东,向北,车灯像雪白的刺刀,一头扎进华北平原的苍茫里。一路上,我偎着末排车窗,将玻璃拉开一条缝,让风扑打着脸。

夜色迷离,脑海里飞舞着群蝗般的念头:政治的、文学的、电影的、古今的、现实的与虚构的……似乎并非在旅行,倒像是一个化了装的逃亡者,一个隐私超重或携带违禁理想的人,一个穿越历史江湖的游侠,一个投奔信仰或爱情的左翼青年……

渐渐,鼾声四起,整辆车成了我一个人的马匹,脱缰的感觉,千里走单骑的感觉,浩荡而幸福。伴着满天繁星,我看见了蝌蚪般的村庄,看见了泰山,看见了黄河,夜色中,它们恢复了古老的威仪……看见了灯火未凉的京津城郭,影影绰绰,像遥远的宫阙,像刚经历了一场辉煌或浩劫。再向东,向北,我看见了山海关和玄铁般的山体,它像牢房,关押着狼嗥声、剑戟声、喊杀声……黎明时,我闻见了礁石的气息,海带的腥味,我听见了巨大水体的澎湃声,那播放了几十万年的老唱片。

兴奋,睡不着,都因为太青春了。

青春,内心有汹涌和迷幻,血液里埋着可燃物。

那是我第一次去看海,第一次醒着穿越那么完整的夜,第一次把陆地走到了消失为止。

这样的经历未再有,但它常帮我忆起一些涉夜的细节,比如:

儿时滂沱雨夜里的钟摆声、丁香花开和窗台上的猫叫;《夜行驿车》中安徒生那火柴般倏然明灭的恋情; 托尔斯泰午夜出走的马车和弥留小站;作家师友刘烨园曾用过的网名“夜驿车”……

我生活中重要的人和事,皆是在深夜入场的。

十年后,给央视《社会记录》做策划时,我说:一档深夜节目,它要有深夜气质和深夜属性,你要知道此刻哪些人醒着,他们是谁?为什么?

你要重视深夜和你发生联系的人,那是灵魂纷纷出动之际,那是一天中生命最诚实、最接近真相之时。

那场千里夜行,还奠定了我对“北方”整体的精神印象:无论于地理或人文,它都让我想到了“辽阔”“严酷”“苍凉”“豪迈”“忧愤”“决绝”这些词,想到了朔风凛冽中的苏武牧羊、昭君出塞,想到了燕赵的“多慷慨悲歌之士”; 作为历史器皿和时间剧场, 它适于上演飞沙走石、铁马冰河、刀光剑影,适于排练政治、史诗、烽火、苦难和牺牲;较之南方的橙色和诗意,它是灰色和理性的,有着天然的冷调气质和悲剧氛围。就像五岳之首的泰山,少灵秀,但巍巍然、磐重巨制,方位、形貌、质地、褶皱,尽显“王者”“社稷”之象,是权力录取了它。

北方,北方。

随着年龄的增长,我越来越确信,自己血脉里住着它的基因。我性格成分中的忧郁、激烈、锋芒、刚性、爆发力……都源于它。是它,在意志、秉性上给了我某种冷峻、坚硬、深沉和笔直的东西,尤其对家国、信仰、英雄、正义等高大事物的热忱。

我向日葵般飘扬的青春,我野狼般呼啸的青春,我麦芒般嘹亮的青春,我裹在立领大衣里桀骜不驯的青春,是北方给的。我的良知,我的血性,是北方的疾风唤醒的。

我是它的孩子,我是它的人。

南方,南方

在西双版纳,听当地人说过一句:这块土地,杵下一根拐杖都能发芽。

何等恣肆、何等繁华的生长啊,我这个北方人羡妒不已。

我想起故土乡壤的贫瘠,想起了它在"生长"上的严苛和吝啬,想起了它历史上的荒年,想起那些把树叶树皮都啃光了还难逃一死的命运。"温饱""饥馁""果腹",这类于北方极为严肃和真切的词,在这儿,显得遥远而陌生。

精神基因上,我是典型的北方人,但在感官、本能和生长习性上,我的需求更像一株简单的植物,我不喜北方的气候和水土,不喜它的极端环境和偏激事物。就像我对权力和政治的态度,那是一种人质式的亲密,关心它是因为它骑在你头上。在北方久了,地理和物质上的冷硬、干涸、粗粝、阴霾,会投射进一个人的心里,生成焦灼、皴裂、愤懑和荒凉。终于,我暗恋起了温润、和煦、荡漾、明澈……其实,无论生理或灵魂,我都隐隐渴望"南方"的降临,我需要它来补救,需要它的风情,它的软语,它的甜糯和芬芳,它的诗意和雅致。

我需要很多很多的水和花。

我觉得，一个时代、一个社会的进步，就是从“北方”特征分娩出更多的“南方”特征来：从暴烈走向平和，从躁急走向舒缓，从严苛走向宽容，从斗争走向财富，从权威走向庶民，从广场走向庭院，从繁重走向闲暇，从诅咒走向赞美，从岩石走向花卉。

历史上，文人的爱情和幸福时光大多在江南；北方滞留的，往往是其凄苦、沉疴和荒冢。其究竟，南方除了居庙堂之远、权力松弛外，更与大自然的性情、市井生活的细腻和熨帖有关。无论皮肉之苦或灵魂之疾，江南水土都有颐养和治愈的功能。

南北民间，文化性情不同，生命注意力也有别。同事讲一趣事，某时政节目主持人去广东，一下飞机便急急掏出墨镜来，同事调侃，说不必，这儿乡亲不认得咱们，果然，全程无扰。

南方是聚精会神、埋头生活的地方。它支持一个人只关心生活自身和日常内部。

近年南行的次数越来越多。越发喜欢看莺飞草长、月笼烟雨，看高涨的如欢呼般的莲叶，看富饶的阳光、被照亮的事物及其纹理；喜欢临一大面湖水，看波光浩渺、菖蒲丰茂，心里即有飞鸟的喜悦；喜欢那加了糖的空气，香樟、桂花、栀子、茉莉，那份免费蜜饯给人以幸福感，让你唇齿生津，让你觉得世间一切悲苦皆可忍受；喜欢走着走着，路旁突然斜出鲜艳陌生的花果来，看它们野性十足、情欲昂然的样子，你会感喟“万物生长”一词；喜欢于山顶或缆车上，俯瞰郁郁葱葱、蓬蓬勃勃的密林，感受那生命力的原始、澎湃和不朽……

无疑，梅林、园圃、茶竹、芭蕉、琴榭、井泉、轩窗……这些生活之词和舒适想法占据了我。

一个北方男子的身心，是很容易被江南俘获的。被它关于人生和爱情的种种许愿与记载，被它盛大的烟雨、清幽的莲雾和香艳的传说。

在这个世界上，你要有两个世界

在北方，你会渴望南方的雨和阔叶。

在南方，你会怀念北方的雪和深秋。

灵魂上，我是一只候鸟。

我需要一个“彼在”，需要另一个端点，让生命处于思念和奔波的状态，像一只南北穿梭的燕子。

那年，在云南小憩，见一处青山环绕的新开楼盘，怦然心动，顿生认领之意，朋友摇头，帮我算了笔账，说使用率和性价比太低，不如住客栈。我反对，我的想法是：有一个远方的“家”，你对之即有了牵挂和义务，它会召唤你完成一次又一次的履约，你要去，你必须去填充它。

最终作罢，是因为窗景欠佳，有售的那套房，迎对的竟是山体曲线中最不婀娜的一段，仿佛对面一美女，可沿你的角度看去，既非美女的脖颈,亦非肩头或腰肢。

朋友们大笑:典型处女座。

我是一个复合型的人。我需要两个世界的对称:童话与成年,虚拟与现实,私人与公共,拒绝与接纳。就像日月之于地球,两只手、两条腿之于人。

这些年,我一边私人化写作,一边做新闻媒体。其实,这是气质和状态都截然相反的两件事。文学写作,能把一个人带入理想主义私域,那是一块精神自留地,独立、诚实、纯粹,怎么拾掇都不过分,这个时代,你很难找到比它更干净且完全由自己说了算的事了。做新闻,就是同时代的疾病打交道,它会让一个人见证更多的社会阴暗,蒙受更多的荆棘和硝烟,但它让你活得接地气,让你与全世界保持最及时、最紧密的联系,体会生存的难度与复杂;同时,它赋予你这样的公民角色:你在参与塑造并改变着自己的环境,你不是一个旁观者或缺席者,你不是一个无力的受众,不是一个消极的受害者。

写作,是一个人与自己对话的方式,它倾注了你的爱、浪漫和肯定;媒体,是一个人与广场对话的方式,它表达着你的理性、逻辑和反对。前者让你体验着积极与自由,后者让你意识到公共与责任。

我遵奉两句话——

一是鲁迅说的:“无穷的远方,无数的人们,都和我有关。”

一是我自己的:“所谓自由, 就是一个人能决定哪些事与自己有关或无关。”

前者启蒙了我的良知与义务。后者保障了我的闲暇和清宁。

2003年,在一档电视新闻节目的筹备会上,围绕它的价值观和选题方向,我提出了两个词:良知和审美。

良知,是基于美德和理性的社会批评,或者说审丑。它的内驱,是因为善与美、公平与正义遇到了敌人,威胁和侵害她们的因素太多,所以要抗争,要保卫,要追求改变。但归根到底,审美才是人生的本愿,我们天然不是来斗争的,而是来生活的,是目不转睛、虔敬深沉地生活。自然、艺术、美学、创造、情爱、幸福……这些相关字眼,才是你奔赴人世的标的,才是你热爱生命的理由和证词。

所以,我既推崇鲁迅、胡适等人间批评家,又赞许丰子恺、王世襄之美学专业户和生活主义者。

于是,那档节目便有了双重气质:理性和浪漫,尖锐和温情,愤怒与颔首。它可以执批评之刃,以专业手法,剥洋葱一般,抵达事件的真相和人性的幽暗;它可以用微笑的语气,讲述一个感人故事、一种个性活法、一场诗意人生,把新闻事件解读成心灵事件。

我参与的所有节目,都盛放着我的爱、恨和平静。

我曾在一本书的封底写道:

> 即使在一个糟糕透顶的时代,一个心境被严重干扰的时代,我们能否在抵抗阴暗和障碍之余,在深深的疲惫和消极之后——仍为自己积攒下一些美好、明净的生命时日,以不致辜负一生。

以我的天性，本应是一个纯粹的审美者，一个理想主义的生活者，但现实不支持，只好活成了现在这个样子。二十世纪末，我出版处女作《激动的舌头》时，刘烨园先生做过一则书评，题目叫《当"唯美"受阻之后》，很准确，是这么回事。

夜航船

这些年，夜色愈浓。我越发觉得，自己生活在这个时代的夜晚。

同时隐隐感觉，走水路的时候更多了一些。

平生第一次乘船，二十三岁。傍晚，背着包，撑着伞，在杭州的运河码头上了船。整整一夜的梅雨，昏迷的河水，简陋的堤坝，混沌的马达声，我并不沮丧，一宿未眠，枕旁是明人张岱的《夜航船》，脑子里想着"江湖夜雨十年灯""夜半钟声到客船"等句子……曙色出笼时，我看见了苏州，我看见了她的脸。

这是我第一次看见她。

第一眼即喜欢上了她。

当脚离开甲板，跨上湿漉漉的石阶时，我留意到了自己"向上"的动作，我很满意这个仪式：我是乘船来的，我是登上她的。

是的，我登临了姑苏城。

我想，许多年前，那些油纸伞，那些长衫客，应是以同样方式抵达她的。这座城，你须慢慢来，无声地、寂寞地来，在雨天。

这是一座爱情繁忙的城池。

桨声柳影，藕花深处，许多清凉的女子，进进出出。

西施、虞姬、叶小鸾、柳如是、董小宛、陈圆圆……她们皆踏波而来，泛舟而去。美，适合走水路，旱地太粗粝。

她们是文学和时间的恋人。

凡美，无不以悲剧存档。

爱情叫人幸福，但它让人快乐吗？

不，它只是在事后看来，在阅读者看来，仿佛一种快乐。爱情在其大部分时间里，乃一种生命凌乱了的状态，一种眩晕、刺痛和折磨，类似疾病。

爱情的降临毫无逻辑，仿佛一朵杏花，高处坠落，你刚巧路过，被砸中，不省人事。

男女间的亲密有两种，一种拥抱了皮肉，一种拥抱了骨骼。在线装小说里，在深夜古琴中，在苏州评弹、昆曲唱腔间，你常听见骨骼撞击的声音，像玉碎，让人痛彻，隐隐动容。

真正的爱情，参与者稀少。大部分人只是观众，一辈子偷享别人的故事。

我对姑苏的印象，是从童年开始的。

那时，父亲总喜欢贴一些"中国风光"的年画，其中有"苏州园林"和"北京名胜"，我隐隐觉出自己是偏爱南方的，尤其芭蕉、粽竹、山茶、蒲葵、玉兰、绿萝……为我生平未见，那肥硕的绿意，水汪汪的翠色,让我欢欣鼓舞,觉得“生长”是如此简单和幸福。

还有一点,在年少的我看来,南方园子是用来住的,不是用来供的。曲水叠石间,似有人影婆娑、暗香浮动,似有浅浅的笑声琴语传出。

南北建筑之形体、气质迥异:北者显恢宏、绮丽、堂皇,有贵胄之气和凌骄之势;南者泛幽微、静谧、柔情,散着舒适感和亲和力。后来我明白了:一则是庙堂,一则是民间;京城乃御苑,江南乃私庭。我对这个“私”感兴趣,心想,这大概算中国人最美的“家”了吧。而令我费解的是:既然是人家辛辛苦苦造的私宅,何以成了大家的“公园”呢?若始料今日,主人还有那兴致吗?

许多年后,当我缓步于晋中平原、浙皖深山,惊叹于那些深阔美奂的世家大宅时,该疑问又再次浮上。我忍不住打听其后人下落,要知道,于今的所谓文化遗产,那一砖一石,一雕一柱,皆人家满世界采集来的啊,凝聚了几辈人的勤勉、雅兴和银两。

父亲的年画,让我对江南、对吴越,情窦初开。

我毕业后客居的那座城,竟然就位于大运河的中枢,有“江北小苏州”之称。河道穿城而过,留下了许多石桥和老码头。也就是说,一条鱼,若有意,可从太湖甚至西湖游至这儿。同样,若弄到一叶小舟,从这儿起橹,半个月工夫,即可经扬州至苏锡、钱塘。某年春,和一位写诗的朋友夜游到一座石拱桥上,望着千年的冷水,他突然冒出一句:

“腰缠十万贯,骑鹤下扬州。”

一瞬间,我觉得月色特别迷人,像女人微微的窃笑。

后来他不写诗了,再后来有了很多钱。

不知他是否还惦念着遥远的扬州。

写给一个文化论坛

这些年,凡往江南,必徘徊无锡。这是一座有氤氲感的城市,我喜欢鼋头渚的浩渺烟波,寄畅园的幽微清凉,南长街的精致市井……它们分别满足了我对人生之“显”和“隐”的想象。尤喜它的美食,甜糯、温婉、柔绵,用一句“藕花深处”形容再恰当不过。我以为,“东林” 士子的家国使命和清洁的灵魂诉求, 近现代的工商文化、财富观和经营观,应该是无锡精神的两张名片,它们对智识、生活、资财、信仰的安顿和价值观设计,具有传统和现代的双重意义,在国人的精神资源中,是极富光芒和瑰色的。这些皆拜太湖所赐,是太湖的辽阔、空蒙、通达与富饶启蒙了它们。另外,无锡最让我迷恋的,是它带来的灵魂上的舒适感和微醺感,一个北方文人的身心是很容易被江南俘获的,比如在我眼里,“烟雨”和“桂香”不仅是江南的尤物,更是江南的灵魂,于我有着致命诱惑。在无锡,我遇见过最美的烟雨和最甜的桂香……感谢那些把我带上雨夜山冈的人,感谢那些引我步入桂花幽径的人。太湖的美,与人有关,与书卷有关,与人的气质和气息有关。

言无锡,实江南。

《散文》2019 年第 12 期首发

点灯的人

王月鹏

散文奖

百花文学奖
The 10th Baihua Literature Award

散文
ESSAY

王月鹏

作家，现居烟台。著有个人散文集《雾里的人》《怀着怕和爱》《空间》《血脉与回望》《海边的葡萄原乡》，长篇非虚构作品《城与乡三部曲》《渔灯》《烟台传》等十余部作品。历获泰山文艺奖、在场主义散文奖新锐奖等。

那座灯塔已经废弃很多年了。塔楼还在,若是隔了一段距离看渔村,稍微抬一下目光,就会看到北边老龙山上的那个塔楼;倘若距离再远一些，视域中的塔楼则悬到了渔村上方，跟渔村浑然一体。我站在海边,时常凝望那里,总觉得那里残留了一丝亮光,它不同于渔村灯火,也迥异于遥远的星辰,是一种难以言传的光和亮。后来我才明白,那种光亮,与我静夜写作时桌面的台灯有些相仿,是幽微的,也是透彻的,它在穿越夜色之前,已经直抵某个人的心灵。这个发现让我愕然,让我坐在书桌前有了置身汹涌波涛之上的错觉。

当年在老龙山上修建灯塔,是颇有争议的。老龙山传说是龙住过的地方,龙头之上怎么好弄一盏灯呢？后来,渔村的人在海上出事太多了,在山顶弄个“照头”成为一件刻不容缓的事,争议总算平息下来。山上有一处破旧的岗楼,大约是以前打仗时修筑的防御设施。村里要建灯塔了,更确切地说,是要把老龙山上遗留的岗楼利用起来,改造成灯塔。山上没有路,村人用面袋子装了海滩的沙子,一袋一袋扛到山顶;选用的砖,一块足有八斤重,当时算是最好最结实的材质了。

建一个灯塔,为出海的人,也为等候出海归来的人。

灯塔建好了,渔村专门物色了一个点灯的人。那人叫刘少章,六十五岁,已从船队退了下来,是个出了名的老实人。每天日落时分,他就拄着拐杖往山上走去了,等天色暗下来,灯塔就亮了起来。

一个退休的老渔民在为那些回家的渔船点灯守灯，他们老远看见山顶的一灼白光，就知道老龙山到了，家就在不远的地方，船该在哪里停泊才是安全的。在黑咕隆咚的海上，这一丝微弱的灯光，让他们辨明了家的方向。在没有灯塔修建之前，若是遇到坏天气，船一不小心就偏离了方向，漂到一些没有“海口”的地方，船无法靠岸，一个浪打来，就可能造成沉船事故。

屋外下起了雨。哗啦啦的雨声中，我在听老船长讲述半个多世纪以前的事。他的讲述是缓慢的，就像窗外断断续续的雨；历史是断续的，也像这雨，既断且续。

那个点灯人是在九十六岁那年去世的，当时是村里年寿最高的人。

那盏灯，经历了太多变迁。最初用的是煤油灯，外面有一个玻璃灯罩。后来改为汽灯，通宵地亮着。再后来，换成了闪光灯，几秒钟就闪烁一下子。遥想那些有风有雨的日子，渔民在海上望着灯塔，家人在村里也望着灯塔，在这世间，也许唯有这灯光是他们同时看到的东西。这样的一盏灯，在我看来是一个关乎渔民生活和命运的大事，而在他们心目中，这盏灯解决的只是他们在海上的具体困境，对于改变他们的命运并没啥根本作用。若干年过去了，现在依然可以看到当年的灯塔，只是灯早已不在了，点灯的人也不在了。而点灯的地方还在，远远看去，那青灰色的灯塔可以从山上的树木中轻易分辨出来。我和朋友商定，在离开渔村的时候再到那个灯塔跟前看一看。我说不清，为什么并不急于去看望灯塔，以及，为什么会做出这样的一个决定。

老船长正在讲述关于灯塔的往事,一个老人走进屋来,他们是牌友,每天凑在一起打几圈麻将。老船长问道,刘少章点灯是哪年的事?老人说可能是1980年吧。老船长说不对,应该是1971年,也可能是1968年,或者是1969年,当时已经入社了,肯定是1958年以后的事……两个老人的记忆出了偏差，你一言我一语说了好长时间也无法吻合。他们亲历的往事,已经记不清了。作为后来人的我们,将依循一些被考证的史实,来看待和谈论那段历史。越是有矛盾和出入,我越是感觉到探究和书写的必要。我曾想继续寻访点灯人刘少章的后人,想要沿着这条线索,去寻找和呈现更多真实发生过的往事。后来,我又犹豫了,终于没有去做。当年点灯的人,渔村没有几个人还记得,他们本身已经不在意这个事情了,纵然采访他们的后人又有什么意义?隔了这么多的年月,我究竟想要理清一些什么?我也说不清,我甚至无法理解自己的所思与所为。那盏灯,曾经就那样地亮在渔村北面的老龙山上,还需要我的所谓追溯吗?我对灯塔的所谓寻访,不过是想了解一些历史故事,来确认某种现实,抑或与我所期待的现实形成印证。可是,关于灯塔的记忆,却出现了太多的矛盾和出入,那些老船长似乎并不在意那个灯塔,灯塔在他们眼里,仅仅是灯塔,是回家的一个参照。我这才意识到自己其实是先入为主了,在潜意识里赋予了灯塔一些象征的意味。这是所谓知识分子通常的思维习惯，这样的思维习惯在渔民身上是无效的。在当年的渔村,灯塔仅仅是灯塔,这不是象征,也不是细节,这是关涉海上航行的生命，关涉渔民能否安全回家的一件很具体很紧要的事。我需要做的,是努力从象征的思维中跳出来,回到真切的现实,回到事件的现场。

村人对灯塔的记忆大多淡漠了。几个与灯塔有些关联的老船长,也只是记住了大概情节。时光带走了太多东西。我对灯塔往事的追问,在他们也是有些不解的。我试图用我的方式来看待这个渔村,与这个渔村的现在和历史对话。但是事实证明,我与渔村的对话,是不对称的,也是无效的。关于灯塔,在渔村有不同的说法,每个说法都来自亲身的经历。是否需要统一这些说法,这是一个问题。我曾想,把这些问题以分歧的状态留下,留待后人鉴别和评判。太多的历史史实不都是这样交付给了更为漫长的时光?可是,脱离了特定语境,所谓的鉴别,所谓的评判,所谓的看到和理解,又在多大程度上符合当时的真实状况?

老船长说,他 1992 年退休的时候,灯塔还在用着。在他身后的墙上,是一张山东省地图和世界地图,那是他时常要看的。如今,在地图之上,在巨大的"寿"字两边,挂起了一副对联,那是他八十大寿的时候,亲戚送他的贺礼——"福如东海长流水,寿比南山不老松"。大红的对联盖住了墙上的那张旧地图。老船长坐在这样的"背景"之下,讲述关于灯塔的故事。

他一直记着五岁那年的一个秋天傍晚,跟随爷爷去山上点灯的情景。天下着雨,他们披着蓑衣,沿着曲曲弯弯的小路向山顶走去。夜色越来越浓,爷爷手中的那盏灯在风雨里或明或暗,发出不服输的光。他跟在爷爷的身后，提着一桶油，那是汽灯备用的油。沿着山路缓慢地挪动了大约有一个小时，才到达山顶。爷爷点上汽灯，遥望海面，长长地叹一口气。下雨天看不清海上，只看到黑乎乎的一片。船头即使悬挂了小汽灯，在山顶也是看不到的。爷孙俩需要在山上住一晚上。小屋里漏雨，根本就无法入睡，他看着那盏汽灯一直亮着，那个时候他幼小的心灵中并不知道，这盏灯对于海上航行的村人意味着什么。若干年后他当了渔民，当了船长，时常会想起五岁那年跟随爷爷在山顶守灯的雨夜，他似乎更深地理解了那盏灯的意义。再后来，大约是到了二十世纪七十年代，山顶拉上了电灯，不再需要有人每天上山点灯了，在渔村的房屋里，就可通过电闸遥控山顶的那盏灯。那盏灯，也像其他地方的灯一样，在山顶闪烁，老渔民根据灯的闪烁频率，判断自己到了哪里。灯光作为一种语言，穿越夜色和风雨，被理解和被接受。在海上，两船相遇，也是通过灯来传递信号的，“左红右绿当中白”。他补充说，这是那个年代的国际航海规定。

五岁那年陪爷爷上山点灯的他，如今已经六十多岁了。半个多世纪的风风雨雨就这样走过。不管走在哪里，他的心中始终有一盏灯在亮着。我知道，当我写下这个句子，它瞬间被赋予了象征意义，然而对于眼前的这个老船长，这一盏灯，是现实中的灯，微弱的光里，有着切肤的迷茫与希望。

“老辈人出海，太苦了，村里很多人都是死在海里的。过去只要遇到了风，技术好的渔民能回来，有的船就顺风漂到了别的地方，最终船翻人亡。”村里新建的房屋,门楣大多贴有“一帆风顺”四个字。这个词语,在我们的惯常使用中,是有隐喻意味的,而在这个渔村,这是最具体的祈愿,不是形而上的,是现实中的正在经历和即将经历的事。后来,每条船上都买了“半导体”,渔民感到很好奇,他们不明白一个小小的机器怎么会说话,而且可以预知天气的好坏。他们把它称为“话匣子”。他们在海上拿着那个小小的机器,反复地端量,觉得这真是一件神奇的事。他们经年累月在海上打鱼,经历了太多的事,再神奇的事都可以在他们或清晰或模糊、或犹疑或坚定的“理论”里得到解释,而现在这个小小的“话匣子”却让他们无论如何也想不通了。这是他们对于科技最初的态度和记忆……时光转眼到了今天,船上完全是机械化了,先进的仪器,导航、探鱼器,他们都习以为常。是科技,减少了海上的危险,祖祖辈辈出海打鱼的渔民,靠运气和经验在海上作业的渔民,如今可以凭借高科技做出精准判断,实施精准捕捞,海里的资源越来越少。

他说起小时候提着篓子到海边就可以捡到被海浪打上了岸的鱼,有一种当地人称作“离水烂”的鱼,很快就会捡满篓子,他和他的小伙伴们把这种鱼捡回家,用来喂猪。而如今,所有的鱼都明显“瘦”了。有的渔民在网里再套上一层纱网,让网口变得越发小了,再小的鱼也休想“漏网”,甚至连产卵期的鲅鱼,都被他们捕走了。在休渔期,有人仍在偷偷出海,连鱼苗都捞了上来。我们习惯了说“海阔凭鱼跃”,其实在浩瀚的大海里,鱼类也是讲究“水土”的,哪种鱼在哪种地方产卵生长,都是有规可循的。比如,有一种大青虾,每年都会到渤海湾里产卵，它们钻在海底的沙里，一边产卵一边吃沙，虾籽沾在沙上。春天的鱼，大多是带籽的。这种时节，人是不该打搅它们的，更不该捕获和食用它们。前几年，有外地人把定置工具插在渔村附近海域，那是一种“断子绝孙”式的捕鱼方式，再小的鱼苗也不放过。村里的渔民试图制止他们，却遭到了殴打。周边几个村的渔民自发组织起来，驾着自家的船，足有上百艘，浩浩荡荡地拥向外地人占据的海域讨要说法，直到有关部门出面，这事才算平息下来。

眼前的这位海木匠已经九十四岁了。他回忆小时候，渔村家家都有小船，家家都有捕虾的网，他的父亲当时在海会工作，每年开始捕虾之前组织渔民抓阄，所有渔船按照抓阄的位置在海上有序排列，互不侵扰。渔船出海归来，橹都统一放在龙王庙以东的小棚里，由专人看护。海木匠目前所住的这栋房子，是四十四年前盖的，房子东面市场处当时是海，从平房上即可甩竿钓鱼，外面有坝，坝高不足一米，平时海潮一般不会超越，风大的时候，海浪翻过堤坝，撞到墙上，浪花径直溅进了院里。每天晚上，他都是枕着海的声音入睡的。他说，以前渔灯节送灯是在晚饭后，现在改成了白天；以前每到正月十三这天渔村海面灯火闪烁，真好看，现在放灯常常就被船和海上养殖挡住，根本就放不出去。

这个渔村的“农转非”是在 2008 年 12 月 28 日，海木匠记得特别清楚，他说他的新生活是从那一天开始的。他曾在长春打工做过木匠，回村后出了几年海，1962年秋天到了渔村船厂工作，成为一名海木匠，主要任务就是造渔船。造渔船又称排渔船，由专门的海木匠施工。开工之日，先铺船底三块板，名为"铺志"，要放鞭炮，念喜歌，宴请工匠；渔船造到船面，举行仪式，称"比量口"，用红布包裹铜钱放入渔船底盘中间；最后的仪式是"上梁面"，安梁时，在船上做一个小洞，内放铜钱，用红布覆盖，再用面梁压住。村里在老龙山上修建灯塔，灯座是由这位海木匠亲手安装的，他和村里的瓦匠一起忙活了一个星期……老人思维清晰，记忆力很好。我想要继续打听关于灯塔的往事，老人却话锋一转，谈到了他的童年。他说小时候的腊月里经常下大雪，雪花飘啊飘，现在再也看不到那么大的雪了，有时候一个冬天也见不到雪花，反而是南方经常下起了大雪。他感慨这个世道的变化。我对这个世界一直是怀有困惑的，且经常把这种困惑归结为不成熟所致。面对这位九十四岁的老人，听他慨叹对世事的困惑，我感到释然。不同的是，老人在困惑之后，更加清楚地知道，唯一的路，就是面对自己的生活。那时候，他过年跟着父亲去邻村赶集，买桃酥，过年拜姥姥和舅舅用。他会缠着父亲买鞭炮，他喜欢放鞭炮。他喜欢过年，因为过年可以收压岁钱，那时的压岁钱是五个小铜板。他喜欢吃糖包、吃甘蔗，那时的甘蔗又长又甜。他喜欢打陀螺，村里的井台底下不小心洒了水，结成冰，男孩就在上面打陀螺，女孩则在屋后荡秋千，秋千是用船上的桅杆架起来的……

听这位九十四岁的老人讲述童年往事，像是在听一个遥远的童话。

他也说到了以前的大海。那时的冬天很冷,海都结冰了,他经常从船上踩着冰走到岸上。寒冬腊月,鱼冻在冰里,他把冰块打碎,把鱼捡回去,主要是黑鱼和黄鱼,鱼肉很厚。

“而现在出海的人,把小鱼仔都捕回来了,一网打上几千斤小鱼仔,这叫自己害自己。”从海木匠这里,从老船长的言谈中,我听到了太多这样的质问。有的渔民觉得,海是大家共有的,你不拉网别人也会拉网。当缺少一个严格的共同的行为规范时,还有什么是可以依靠的?其实这也是当下所有行业共同面临的一个问题。不管外部环境如何,关键是你究竟做了什么,承担了什么。看到一些所谓知识分子在大谈特谈宏大问题, 而拒绝从个体生命出发承担那些具体事务的时候,我觉得这是可疑的。

眼前这位老人九十四岁了,一日三餐,日常生活,都是自己打理。我问他,作为一个走过了接近一个世纪的老人,独处时经常会想些什么?

老人说,什么也不想。

这个回答过于简单和干脆,完全超出我的预料,我对此有些隐隐的不满和不解。按照我的惯常理解,作为一个年近百岁的老人,经历了那么多的世事,他一定会在独处的时候,逐一回想,感慨万千。不过,这仅仅是我——一个所谓知识分子的思维方式。而在眼前这位老人身上, 在很多的人那里, 并不是这样看待人生和社会的。我的一些所谓思考,不过是一种想象,我一直在想象我和世界和他人之间的关系。其实这是靠不住的。

想到了渔灯。在迷茫的大海上,一个人正当无路可去的时候,眼前突现一盏灯,这是多么让人激动的事。我曾经以为,这是一个关于生存的隐喻。而在渔村亲历的那些人和事彻底纠正了我,告诉我这不是隐喻,这是最真切的现实。

伍尔夫的小说《到灯塔去》,讲述了一个很简单的故事:拉姆齐先生全家和朋友们到海滨别墅去度暑假。拉姆齐夫人答应六岁的小儿子詹姆斯,如果翌日天晴,可乘船去游览矗立在海中岩礁上的灯塔。由于气候不佳,詹姆斯到灯塔去的愿望在那年夏天始终没有实现。第一次世界大战结束后,拉姆齐先生和子女重游故地,詹姆斯终于如愿以偿,和父亲、姊妹驾了一叶轻舟到灯塔去。但是岁月流逝,物是人非,拉姆齐夫人早已溘然长逝。

在这部小说中,伍尔夫一定有太多想要表达的东西,却无法完整和准确地表达出来。她选择了意识流。

正如此刻,我想写下对于灯塔的印记,却感到力不从心。

在离开渔村的前一天傍晚,我登上老龙山。我想,是该去看一看那个矗立在老龙山山顶的灯塔了, 不管现实中的灯塔是什么样子,我心目中的那个灯塔都已经无法被改变。通往灯塔的山路有些漫长,渔村安排了专人陪我上山。隐在草木间的灯塔,有些荒凉。此前,我一直是远远地看和想象灯塔,现在我来到了灯塔跟前,站在灯塔下看海,看海边的那个渔村,我想起了站在海边遥望灯塔的那些夜晚,心中涌起别样的感慨。我知道我可能再也不会这么近距离地与灯塔相处了。这样的灯塔,在我看来更适合远眺。远远地望着它,就足够了。

眼前一片荒芜,找不到下山的路。我想象若干年前,渔村的人们在山上寻找一条路,只为了点亮灯塔,给渔船指明回家的路。

回家的路如此漫长。

下了山, 这次漫长的寻访可以结束了。在渔村的每一个日子里,我都会遥望那座灯塔,却刻意不走到近前,我更想寻找的,是灯塔在渔民心目中的位置, 抑或渔民藏在心底的灯塔究竟是什么样子。此刻,这座废弃的灯塔渐渐变得清晰和明朗了。

《散文》2019 年第 9 期首发

万物如果开口说话

熊亮

百花文学奖
The 19th Baihua Literature Award

散文奖

散文
ESSAY

熊亮

作家、画家。出版有《金刚师》《梅雨怪》《二十四节气》《绘本中国》等。历获中国国际动漫节"金猴奖"、陈伯吹国际儿童文学奖年度图书(绘本)奖、AYACC亚洲青年动漫大赛最佳作品奖等，入围2014年、2018年国际安徒生奖插画奖。

树神

住在森林边的居民都相信大山里有树神，看见这样一片深不可探的原始密林，不可能不产生敬畏，加上祖祖辈辈留下的习俗和传说，每个人需要进山砍树之前先打招呼，或早几天去折个枝，观察断枝处的变化，如果不合适他们就放弃砍伐计划，以免林神怪罪，降下灾祸。

但是外来的工队和工人从来不知道这些故事，因此他们肆无忌惮地开始砍树，整片整片，用拖拉机拉下山，再用火车运往全国各地。

哪有神？反正没碰到过，也没人倒霉。

后来，村里的孩子上山捡树枝时，见到一个被砍过的巨大树桩，看起来就像过年摆宴席用的大圆桌面，已经变得像灰烬般苍白，外皮朽坏，可以像剥洋葱一样的将它层层撕下来。

木桩表面是一圈一圈涟漪状的年轮，数一数大概有上千圈，没人知道确切数字，因为很快会眼晕。

孩子喜欢在上面玩，做作业，当擂台，吵架，睡觉……他们不知道脚下的木桩子就是树神。

你以为神很厉害？其实树神也无法抵挡机器轰鸣、来势汹汹的伐木队，呆呆地看着自己被伐倒。

现在虽然他只剩露出地面的短短一截，但还没有失去神力，因为树神埋在地下的根系占了森林的一半，即使对付不了伐木队，但完全有能力好好惩罚这几个不敬的小屁孩，以泄恨怨——但他没有,孩子们嘈杂打闹,带给他最后的生机与活力。

他就像个真正的木桩一样,什么也不做了,只慢慢枯萎。

有一天,孩子仍然来玩时,树神终于消失了,孩子们谁也不知道,但都感觉到哪儿有些不同,空气里缺少某种风,气息变得寒冷,声音缺乏回应,望着暗处的林子里觉得有点阴森,每个人都觉得孤单,产生一种在荒凉林中迷路的感觉。

之后他们再也不会踏入林间。

宝塔精

在山西省一个偏远小镇里看到一座塔,我一眼就辨别出这是一个宝塔精,他的窗户暴露了这个秘密。

他有一个刚刚粉刷过的闪亮金顶,但是下面的庞大塔身却晦暗残旧,缺了很多砖并且布满小广告和涂抹的字体,远看过去,你会误看成夕光正照耀塔顶,而下面就像一直沉没在阴影里。

没人看得出他其实不是一个建筑,而是一只宝塔精,宝塔精无疑是世界上最最缓慢的生命体。

我忽然想起上古神话里一段关于远海巨兽的记叙:

“它在波涛中转动躯体,用了千年才露出腹部,又千年始见尾。”

这只动物曾蜕过一次皮,不过已经是上古时期、远在有人类之前的事,不可考。

而宝塔精远比神话里的巨兽慢得多,他在不断变迁的杂乱街头,用几个千年,每一夜每一天,迟钝缓慢地走啊走,准备到视野开阔的山顶上去,然而一点也没动。

曾经有一个当地小孩,翻过围栏,进入塔身里面去,发现台阶迂回,无穷无尽的复杂,就好像进入一个巨型的迷宫游乐场,好不容易到达最顶层,那里是六棱形的,有六扇小小的窗,刚好孩子踮起脚的高度,每一个窗口望出去,看到的都是城外的同一个山顶和一朵孤悬的白云。

家具精灵

家具有可能变成神?当然了,唐代就有个叫《元无有》的故事,记录一个误入旧屋的人听到院子里旧杵、烛台、水桶、破锅四样东西,变成奇怪模样的人开始聊天。

当我们很小很小的时候,才能听见他们的声音。

某一天,家里没有大人,小孩开始睡午觉……家具们才敢放胆显出原形,柜子和桌子开始聊天,盐罐和茶壶有时也参与,其中窗户的见识最多,因为他对外,比门的眼界还宽广。

这些物件精灵们有一搭没一搭地说些话,通常都是围绕着自己的话题,所以通常一个物件说话,另一个就唔唔应和或点点头,然后就开始说自己的事。

他们之间的聊天,不算某种交流,主要是各说各的,并且话题重复。

有时候他们说得过于大声,孩子会忽然醒来,精灵们马上闭嘴，收敛精神，保持最大程度的安静，家具精灵们用力过猛，以致房间里产生一种异样的死寂。

孩子醒来了，大声叫着，无人回应，爸爸妈妈出去了。

房间是空荡荡，屋子里连一点回声也没有，空调静音空转。

水龙头的一滴水凝固着，颤巍巍悬在水池上。

窗户精灵过于紧张，闭合得太用力，马路上的一点声音也传不进来，因此房间安静得像跟世界脱了节。

这过度无声的环境让刚醒来的孩子产生一种紊乱，他不知道自己在哪里，自己的脑袋朝向哪个方向，什么也记不起，甚至不记得他自己是谁。

窗户的光刺得睁不开眼，房间里熟悉的摆设变得陌生，秩序都错了位，桌子柜子椅子都不在原地。

孩子跳下床，脚步发飘，觉得自己站在一个高高的海绵堤坝上，想要跨越，可脚下一切软塌塌的着不到力，大概是还在做梦吧。

他跑向厨房水龙头，用力拧把手，但水龙头拼命抵抗。

终于，水哗哗哗流出来，水表开始转动，水是凉的。

洗了把脸，孩子从半睡状态里醒来了。

外面的喇叭声和人声忽然间嘈杂起来，帘子被风拂动，空调扇一顿一顿摇起头来，电话丁零零响起来。

孩子重新适应了这一切，很快长大，也许他忘记曾有这样一个午后，但总有个虚幻和真实交错的印象挥之不去——水哗哗哗流，阳光明晃晃，时钟正指向一点二十。

物件神们出了一个小纰漏，差点被孩子发现，因此各自隐身回自己器形中，好长一段时间都不再显现了。

水地精灵

> 故涸泽数百岁，谷之不徙，水之不绝者，生庆忌。庆忌者，其状若人，其长四寸，衣黄衣，冠黄冠，戴黄盖，乘小马，好疾驰，以其名呼之，可使千里外一日反报，此涸泽之精也。
>
> ——《管子·水地》

其实有很多人在沼泽里见到过庆忌小人，但他们都想不起来了。

庆忌小人们骑着一匹装饰着黄伞的细马，身上穿着黄色衣服，他们从你眼前划过时，太快了！以至你会误以为是落日透过摇曳的芦苇叶的一道光，或是一日之末产生的幻觉。

如果你正好看到了他们，那也没关系，他们会回过头，用手杖“啵”施一个魔法，你的记忆就会产生断片，忘记了曾看到过的一切。

…………

刚才发生什么了？为什么所有人都好像发了一阵愣？

当我们在沼泽或池边产生这种感觉时，很有可能就是庆忌刚刚经过。

这种魔法有一些副作用,很多一起目睹过庆忌的朋友们,大家会沉默很久,渐渐人就变得忧郁,朋友不管平时再要好,回去的路上可能会产生争执,因为相互间发生过的微小的不愉快的记忆会被勾起,一些从来不在意的事被忽然想起,变成各自的心结。于是你和好朋友就越来越疏远,从此再不联系。

这真是世界上最令人遗憾的事,真正的原因谁也不知道,答案在那个夏末傍晚的芦苇荡里闪浮。

但发生这样遗憾的后果,并非庆忌们的本意,甚至让他们觉得非常抱歉,只是他们魔法的缺陷:让你短暂失忆,之后努力回忆,却将不相干的记忆给勾出来了。

庆忌们一直希望改进这一法术,比如失忆之后,并不留空白,而是把其他美好的东西填补进来,比如景色和诗意。

但这个法术改造一直做得不甚成功,要人们去相信一首诗,真比相信河里有妖怪还难。

不过,真正的好朋友是不会受到迷惑的,他们心意单纯,互相信赖,没有任何琐事可以伤害彼此的友谊。

山民

另一种精灵叫作山民。

他们本来是山里各种动物,后来变成人的形状,组成社区和小村落,谁也看不出来。

我去过一家小店，就是山民开的，牌子上写着“回水”，概念就取自在河流迂回处的河道，与疾驰巨变的世界相反，这里一直保持旧的生活方式。

山民们卖各种衣服，上面都印着符号，写着关于水、树、山和动物们的诗句。

大致的意思是，在自然中出生，在自然中学习。

你仅仅经过一下什么也不会察觉，但如果你久住一段时间，就会发现奥秘，村里带木字偏旁的姓，这家人通常是从一种树变化而来，而姓名带水字，有可能是鱼生，带鸟和带兽的则是飞鸟和动物变的……但你问起来，他们会说：“没有的事，你太会想象了！这是祖先的图腾啊，世上所有人的名字都与家族或图腾有关系，这仅仅就是传统。”

但实际并非如此，茶店里常常给你端上一杯热茶的那个小姑娘，看起来只有五岁，身高仅及椅背，但她的眼睛清澈，又非常非常古老。

菌人（据《酉阳杂俎》卷十五·诺皋记下）

从没枯竭过的古老水井里会有菌人。

菌人非常小，他们太细微，不但轻盈到可以随处飘移，连他们的孩子也像孢子一样应风四散，聚集到水汽充沛的地方定居。

有时候孩子自己一个人去井里打水，井绳忽然变得沉重，完全拉不动时，正在僵持，有好几个小小人从井里跳出来，一起帮他提上来。

他们就是菌人，身体像是人形，头上却有各种各样的伞盖，个子很小。

他们攀扶井栏大笑，然后沿着井沿，跳起一个环形舞蹈，据说就是菌人的最神秘的蘑菇圈舞。

一位领头的菌人，扭动身体，模拟蘑菇在雨后暴芽、生长、开伞、散发孢子的动作，唱起一首语焉不详的菌人求雨歌。

呼哩呼哩沥沥沥
沥沥沥兮不停息

似乎一个不小心，领头人忽地又坠进井中，其他菌人也纷纷叫起来，陆续掉下去，孩子一伸手，却只捞到了一顶草帽，就把它挂在庭院的树上。

每当落雨，雨水沿帽檐滴溜下的地方，会长出一簇簇黄色小蘑菇。

以后，每次孩子经过，都趴在井边看很久，但是菌人再没有出现。

堕雨儿(据《述异记》)

南方某个靠近海的地方，下雨时，雨水常常夹杂着一些小小人，衣服和皮肤都是水色，不太容易看得清，坠落到庭院里，高五六寸。据说有人和他们聊过天，他们非常有见识，并且有自己的历史。

他们的家在海的最东南方，那里是堕雨儿的家乡，有时出门时遇见一场躲避不及的大风雨，就被一股气流挟裹上天，飘飘荡荡，落到这里来了。

我们就叫他们堕雨儿,其实他们原名叫南人。

小时候，在南方的老房子天井里，夜里雨声窸窸窣窣下个不停,你如果听见“哎哟,哎哟！”的细小声音,那可能就是堕雨儿掉地上发出的叫声。

不过你出去寻看,什么也没有,他们很快沿水流钻进角落藏匿起来。

蛾人

普通的蛾子都有一种趋光性,可能是某种“进化延迟”。向着光飞,使它们能够啄茧而出,或在洞穴里找到出口,但后来人们发现了火,它们就惨了,常常扑到火里。还有明亮的玻璃也让它们吃饱苦头,你会经常看到蛾子们“咚咚咚”疯狂地撞击灯罩和窗户。

不过一位变成精灵的蛾子就不一样，他一下子就发现了生活的异样,认清了周围的环境,他忽然觉得:“哇,我们这样扑火或撞玻璃真的好傻！喂,你们都看不到自己在做什么吗？”

他觉得自己很幸运。

不久后,他觉得自己特别孤独。

勒毕国蝉翼小人(据郭宪《别国洞冥记》)

清透干净的空气里,勒毕国的蝉翼小人和细鸟也会出现。

勒毕国人身长只到三寸,有翼,善于语言和嬉戏娱乐,所以称为善语国。

他们常常群飞到日光下，曝晒自己，汲取光能，直到身体发热才飞回。

饮水，他们只取丹露。丹露，就是被初升太阳折射后，映出红光的露珠。

天微微发白但没放亮的时候，整个勒毕国的小人都会出动，包括刚学会飞的小小孩，和德高望重的国王、王后。小人们停在山谷里的一棵大树上，从树顶到树梢都站满了，他们静静等待着，天色逐渐出现绯红，他们就一起飞起来。

陆陆续续，他们很有秩序，老人、女人先行，小人们互相跟随，形成一带变幻多姿的飞行队列，向山垭口起飞！

接近山顶，所有的树梢、花瓣、草叶、地面的苔藓都缀满露珠，被阳光映得通红。

小人们不禁叹呼起来，他们语调特别丰富。

噫！噫嘻！噫呼唏！欸乃！兮兮！噶呼吁！幸甚至哉！美哉！矣！嗟乎！兮！嘻！哑！吁矣！猗与！哇乎！Oh！Ah！Ouch！……听起来像是各种虫鸣。

勒毕国还有一种特别的小小鸟，被叫作细鸟，实在是没有更合适的名字形容它了，用个一尺见方的玉笼就可以装上百来只，大小如苍蝇，样子似鹦鹉，形状虽小，可它们叫起来的声音却响亮无比，能传到数里之外，就像金色天鹅的声音。

勒毕国人常用鸟鸣声来计时，又叫作候日虫。

细鸟常喜欢飞集到丝织的帷幕上，或钻进女孩的衣袖，所以她们又把细鸟称作“蝉衣”，轻盈如丝的意思。

勒毕国小人和蝉衣鸟儿，都小到你们几乎看不见。

看不见的东西不代表不存在。

所以我们到了大自然里，行动要轻柔，心要常怀敬意，以免惊吓了这些小小的精灵们。

雨燕精灵

下雨的时候，雨燕会掠地而飞忽地一下经过我们身边，我们甚至没有看见。

燕子就是这么快，你的注视与喊叫，无法使它们有一丝放缓。它们有时候互相飞过时，还会啾的一声互相打招呼，这就是燕子的早安时间，太快了，除了它们自己，谁都听不清它们说了什么。

如果你想看清它们的形体、修长的剪形尾翼和侧翼尖，看清绯红色的前胸如何染晕，欣赏它们啄开空气的小巧前喙，与它们透明黑豆一样的眼睛对视，那你必须变得像它们一样快。

如果你变得和它们一样快，你就会发现每一群雨燕队列中，都有一位雨燕精灵，他穿着黑衣，速度飞快。

海瓜子精

海边城镇的孩子，常会跟着爸爸一起在海边的泥滩上捞海瓜子，海瓜子生长在海滩淤泥下面。

大人们要把手臂尽可能深地探进淤泥，然后就能触碰到它们又硬又脆的壳。

孩子就在岸边负责清洗,孩子把它举起来对着阳光,洗干净后的海瓜子上,有洁白奇异的涡纹和光泽。

小孩想:“这种小小贝类钻进泥层,镶嵌在黑暗无声里,它们觉得安全吗?它们吃的是什么?它们平时怎么互相交流?它们的时间是不是和我们一样?”

有些海瓜子是精灵,捉了他们据说会倒霉。

那我们怎么分辨这堆收获物里,哪个是普通的海瓜子?哪个是海瓜子精呢?

很简单,成了精的海瓜子会向你吐水,但显然没什么用。

收获了满满一堆海瓜子后,孩子跟在爸爸身后,走在回家的山路上,翻过海边的山坡,下面就是他们住的城镇。

孩子忽然产生一种感觉,从山上往下望,夜色覆盖之下,城镇每一间亮着灯的房屋,也都像泥土里的海瓜子一样,并不知道自己身在何处。因此孩子产生恍惚,产生人生第一次的忧伤。

不要上当！这其实就是海瓜子神的魔法,他向你吐口水不成,就施法让你和万物产生共情,以获得同情,让你能放了他。很多水生动物神都会这个把戏,比如龟、鲤鱼、鳖都擅长托梦,求捕捉者心生同情放了他们,中国古代故事里记录了大量类似事例。

然而海瓜子精灵念力极微弱,法术有限,激起的忧伤思绪一闪而过,仍然没起到什么用。

但孩子一生都没忘记站在山坡上的这个惶惑之夜。

他不知道为什么。

牛神

每一头牛都是神,传说中老子的青牛、印度街头的神牛、藏区的牦牛都是神,神无所不在。

牛是非常神秘的,在草原上、在山坡上、在阳光雨雾或雪天映衬下,他们的庞大形影巍巍然就像在高高天上移步,他们对命运有种洞悉般的沉默,埋头咀嚼汁液浓香的草叶,偶尔晃摇一下铃铛。喋喋不休是出于有限的所知障,通常你见到沉默者,不得不猜想他们所领会的世界比我们深广得多。

但是现在的牛很多被关在牛圈和养殖场里, 他们的神力就会慢慢减弱。

但你绝对不要以为他们就是普通的动物了, 如果你看着他的眼睛,他漆黑的大眼睛上有一圈白色下垂的睫毛,这使他即使在惊恐时都带着一种沉静的表情,当我看着他,他也在注视我。

你会明确知道,这是一位神灵。

所有的动物都是这样。

《散文》2019 年第 5、6 期首发

老布拉格：城堡、教堂和广场

赵冬妮

散文

ESSAY

散文奖

百花文学奖

The 10th Baihua Literature Award

赵冬妮

作家，现居辽宁。出版散文随笔集《从一数到一》《跑题》，诗集《以一个词走近你》。历获东三省青年作家小说奖、辽宁文学奖散文奖。

一

到布拉格那天傍晚远远望到了城堡。是时红霞满天,河边露台上挤满拍照的人群,层层火烧云,边扫过天空边向后退,退过横卧河面的查理大桥,直退到城堡身后,红彤彤缀满天边,城堡黑色屋顶及几根铁锥一样高耸的尖塔,像过了场大火又瞬间冷却,异常的深沉凝重。余晖散尽,天色不是一下子就黑下来,而是袒露出更深邃的湛蓝,固执地留在布拉格的上空。这与卡夫卡《城堡》著名的开篇迥然不同:

> K到村子的时候,已经是后半夜了。村子深深地陷在雪地里。城堡所在的那个山冈笼罩在雾霭和夜色里看不见了,连一星儿显示出有一座城堡屹立在那儿的亮光也看不见。K站在一座从大路通向村子的木桥上,对着他头上的那一片空洞虚无的幻景,凝视了好一会儿。

当然是另一座城堡。山冈雪地木桥乡村黑暗,那时卡夫卡四十岁了,正在病中,不过精神世界冰雪般澄明,他把一生中所遇见的大小城堡一把塞进了虚幻的口袋里,我体会到他“凝视”的心境,该是多么宁静。

不可征服的。佩特任,岩石之意,城堡就在佩特任山冈上,布拉格经年累月卧在它眼皮底下,连绵不绝的红屋瓦像城堡波浪起伏的裙边,又反抗般的艳丽。整天在城堡各处转,傍晚时从巨人门出城堡，大门石垛上立着的雕塑当然是复制品,《巨人与神的战斗》,神被打倒在巨人膝下,一边是波西米亚的雄狮,一边是哈布斯堡的鹰,只是巨人手中的短剑在斜阳下白光闪耀,异常古怪,好像在风蚀中它永不老去。穿过赫拉德恰尼广场,就是下山路。城堡在我们身后,像是执拗的目光,无论我们走出多远,它都紧追不舍。沉重的目光,几乎有上千年了,城堡开建,王宫教堂塔楼逐世纪堆加,大如城池,装在一个长方形的大石头匣子里,被山冈高高举起。波西米亚、查理四世、哈布斯堡王朝,不是隐身于城堡的地下,就是藏在浮雕暗影的黑洞里。而教堂,果真如《城堡》里K异乡的回忆一样,“屹然矗立,由下而上越来越细、越来越尖,均整有致”。我想找个角落像蜘蛛那样躲进去,然后慢慢吐出肚子里的丝,再用一张混乱如麻的网把城堡裹进去,把整个布拉格裹进去,城堡的圣·乔治圆形教堂,与查理大桥圣·乔治圣像,山上山下,会碰撞到一起,完全是脑海里不肯熄灭的火花,那时我就是吊在另一根丝线的蜘蛛了,不知道自己是怎样的,从一点爬到另一点。

在城堡第二中庭看到一眼水井,井口被铁围栏围住,像个大鸟笼子扣下来,城堡巴洛克风格宫殿密集,它在其中太不起眼了,经过科尔喷泉时,导游们顺带介绍一下,知道它长期供应城堡用水,游人又纷纷挤上去拍照,也许是亲水,人躲不过天性。笼子铁作骨架,网眼细密,圆肩头以下,足有两人高,等游人散去,我围它左转右转,水在笼子里。“到处都是笼子,我身上始终背着铁栅栏”,在卡夫卡那里，一只笼子在寻找一只鸟，不自由的生命注定了无法逃脱。去世前两年，在病榻上，他写饥饿艺术家在笼中表演饥饿艺术，艺术家刚死，一头年轻的美洲豹就进了笼子。也许没这么精致，没这么多花纹装饰，有别于眼前的大鸟笼，卡夫卡的铁笼子，艺术家能把手臂从栅栏里伸出来，让人亲手摸摸他有多瘦，笼子周围是一圈琳琅满目的广告，和挤着去看马戏团野兽的热闹观众。有人说，饥饿艺术家就是卡夫卡自己，是在用生命换取他的表演的可能性。眼前的大鸟笼子空荡荡的，连句话也没有。

不过城堡里确实留有卡夫卡的身影。在城堡区北边，紧贴城墙搭建着一排火柴盒似的小房子，十六世纪住进了炼金术士，也有说是金箔工匠，总之那里被称为黄金巷。几百年后，卡夫卡小妹妹奥特拉租下一间矮房子，继而卡夫卡将其作为写作间，他每天傍晚上山，奥特拉已经为他在炉子里添上煤炭，生好了火取暖，“我把晚饭带到那儿，然后一直待到午夜，从这里走回到自己的公寓里……我能够在回家的路上让头脑冷静下来……踏出房门就直接能够踩到宁静的小路上铺得满满的雪”。

在让卡夫卡感到美好的冬天，他可以潜心写作。四下安静，墙壁很薄，隔壁邻居没有任何的声响，1916 年 12 月至 1917 年 4 月，卡夫卡从长期停滞的创作状态中破茧而出，在黄金巷 22 号埋头写作，四本八开大笔记本写得满满，且好像都是在膝盖上写完的，“我谨慎而冷漠，我是一座桥”，类似的长句短句，还有很多短篇，都在这段时间里完成。浅蓝色墙面老绿门窗，我们走进去，再多个人就转不过身来，大约六平方米的面积，屋顶几乎伸手可及，房门更加低矮,我先生走进去也不觉低一下头,卡夫卡身长六英尺,又瘦又高,很难想象他怎样进进出出。城墙那面开有小窗,从中望出去,树木郁郁葱葱,陡峭地蔓延到山脚下,很难说这是秋色,但肯定与当年卡夫卡眼里的景色全然不同。就在他准备进驻小屋写作前不久,1916 年 11 月 21 日,奥匈帝国皇帝弗兰茨·约瑟夫去世,古老的帝国风雨飘摇,饥饿已经来到了布拉格。“整个国家没有食物,没有燃料,没有希望了。”有个美国人曾这样写道。而卡夫卡活在他的内在世界,很多事件不过是身边的飘浮物,譬如说,1914 年 4 月 2 日,他在日记中写下:“德国向俄国宣战。下午游泳。”

在黄金巷 22 号我们停留时间最长, 一茬茬游客来过又走,我在门前反反复复,不舍离去。卡夫卡生前无数次搬家,唯独黄金巷小屋确切到我们得以进入,得以感受他存在的气息。想到读《乡村医生》,每次我都惊异无比,不自觉中睁大双眼,越来越喘不过气来。我进入他的梦境里,觉得一切都合情合理,一切都是透明可见的,连人的思想都像冰一样,你能清晰地看到对方脑子里想的是什么,热气和马的气味带有尘世的味道又绝不属于尘世。以马为梦,以人世间为梦,在梦里流浪,人愈加老去,而我身处的这间小屋,就是他深夜里的造梦空间,在游客纷纷退潮后,可以感受到虚无、孤寂,还有他静静的呼吸,呼吸很近,慢慢地又布满苍凉。

其实除黄金巷小房子外,一处处寻找卡夫卡故居并不容易,事先我先生做好功课,每晚临睡前,在地图上把明天要走的街道先走过一遍。布拉格门牌号钉有两块,一块红一块蓝,在街巷寻找一幢楼或一扇房门时，不知哪块颜色说了算，它本是引导，对我们来说却是看门人拧向一旁的脸，捷克文也让人不安，我们目不识丁。在布拉格，不会讲捷克语，不讲德语，日常生活仅靠英语过得去，但文字会拒人于千里之外，布拉格街道在一个世纪内又无数次更名，我曾在书中读到的那些街名，常常很少对得上号，这更使我们抓了满把下下签，我们跟外乡人K一样，借《城堡》桥头客栈老板娘的话说就是，您在这里是最无知的人。

二

我们不止一次经过那些教堂。旧新犹太教堂、平卡斯教堂，还有几座犹太教堂，彼此都不远，聚集在约瑟夫区。它们外表朴素，墙面近乎沙土色，似乎可以抓着闻一闻，干燥缓慢，有一种乡间的味道，让我记起陶斯泥土屋，远在美国新墨西哥州，那些泥土屋在戈壁间反倒特别的稠软，细腻感人。沙土色，但是很老旧了，像旧新犹太教堂，墙面一缕缕烟痕，又似乎是雨水不断打湿过的印迹，红屋瓦檐下生有薄苔，苔色青浅，断续有致，就像垂下的窗幔贴在墙上。窗户都很小，无论形状如何，全部黑色网格，看不见玻璃，而整个布拉格，回想起无数教堂留给我的印象，最小一块彩色玻璃也璀璨斑斓耀眼夺目，旧新犹太教堂画风就变了，只有朝向街道的一面山形墙突出醒目，深褐色造型像锯齿，也像火焰，像张开的手指，指尖纷纷向天。一次卡夫卡散步途中突然截断话头，对朋友说："您看见老犹太教堂了？周围的建筑都比它高。在这些现代房屋中间，它完全是个老式的外来异体,显得格格不入。”肯定是那块深褐色的形状,里边隐藏着某种不安,也许它使他更加不安,使他感到可怕。

有一天我们进到教堂里边,到处一片安静,游客默默,导游的麦克风也关掉了,声音消失了;四面墙沙土色调,每面墙上方有希伯来文铭文、《圣经》诗篇和训言,有的铭文和训言极短,缩略为四个字母,或三个字母,像是一种忍耐,一种抽象,以至于符码化的感觉,“记住……”“是的……”,这类肯定的句式,如铁如戒律,似乎摩西在大漠中的声音。到处有希伯来文,但没有偶像。没有偶像就没有面容,没有面容就没有表情,人脱离了皮相,进入完全的肃穆中,在肃穆中清洗自己。我曾听过犹太人的歌唱,曲调弥长又平稳没有起伏,一条河平缓流淌低声呜咽。而眼下这肃穆更为纯粹,没有情绪,也没有河水。深穹顶,十二扇狭长的尖窗子,其实是有着很好看的玻璃,淡蓝色淡紫色,不耀眼的淡淡色彩,透进淡淡的光,连同灯和蜡烛,照亮欧洲这座最古老的犹太教堂,旧新犹太教堂。

老犹太墓地在一圈围墙里,平卡斯教堂占去围墙一角。人家说墓地有篮球场大,或许不差,沿小道绕行,一圈很快走下来,但近两万座墓碑层层叠叠,似乎无论如何都走不出去。墓碑如乱石交错,横七竖八,直立斜靠倒塌,或孤零零自处,希伯来文和纹饰大多模糊不清。我找到最老的碑石,时间是 1439 年,碑身深埋,地面只露出碑额,与普通石头区别不大。最后一块墓碑是 1787 年,黑色残碑,碑首剥蚀,造型和图案无从辨认。走到哪儿,都觉墓地是潮湿的,眼前灰暗,树干笔直却全部漆黑,碑石间杂草萋萋,黄色的藤蔓花朵攀上碑顶，但仍满目苍苍，处处充满忧愁。无法想象，墓碑下有不下十万死者。约瑟夫区旧名犹太区，是指定犹太人聚集的混乱街区，早期甚至以墙壁围起，人们只能通过小门出入。渐渐人口增多，土地严重不足，到十八世纪，犹太人已占布拉格人口四分之一，墓地仍被限制，不许随意扩大，只能葬在祖先墓上，遗骨上再埋遗骨，代代遗骨层层新土，甚至有多达十二层的，几个世纪下来新碑挤旧碑，碑石丛丛苍老凄迷，不晓得怎样辨认，谁是谁的祖先？

好像也不重要了。平卡斯教堂的墓碑是平面的，完全敞开的，几面墙密密麻麻，全是“二战”时犹太受难者名单，我一次次转身，无论朝向哪一边，它们都扑面而来。也许它记录的死亡密度更大，七万八千个犹太人，在捷克这块土地上惨遭屠杀，最后聚集在这些墙上。十六世纪的建筑，墙壁古老，姓名第一次这样独立地活着，又如淹没在大海中。家人写在一起，一家一家之间黄星隔开，名字拥挤，辨认起来十分费劲，但我还是看到一家三口死于同年同日，1942年×月12日，一面面墙上，所有生命的时间钟摆都停止在1942年、1943年、1944年，可以嗅出这时间段血腥味有多浓，希特勒下令要“最后解决”犹太人问题，死亡越勒越紧，没人逃得出这被魔鬼掌握的时间之手。受难者名单以字母顺序四壁排列，佛家的苦海无边，可以用在这里了。无论男女老幼，纳粹都不放过，在布拉格不远处的特里津集中营，一万五千个犹太儿童被从各地送到那里，最后仅一百多个存活下来。上到教堂二楼侧廊，特里津集中营儿童画展在玻璃窗里，几十幅儿童画，梦，花园，学校，水下世界，窗外风景，特里津淋浴，放逐特里津前的生活……年幼下笔用力，五瓣花朵平面规整，而日落景象又多复杂，玫瑰色余晖掩映在乌云里，我感到冷，可又不想给人看到。这一场生命之火，火还在燃烧，生命却早已熄灭。纸张粗糙发黄，色彩线条稚气笨拙，男孩女孩都不在了。几个布娃娃仰脸躺在玻璃柜里，好像还活着，还在等待。布娃娃就这样，被抱过了就活了，就有了生命似的，以后无论丢在哪里，它们都一脸面对未来的样子。

出老犹太墓地时正好落雨，我们站在门口躲雨，挤在静默的人群中，我一时间心中恓惶，没着没落的，不知往哪里去。先看平卡斯教堂再看墓地，就像时光倒流无始无终，死亡也有时光，走走停停，特别遥远的死和近在眼前的死排着队，一些死亡平息下来，一些死亡还带着伤痛，飘飘浮浮着，还有一段路要走。卡夫卡妹妹们的名字，在那些墙上应该能找到，先从哪儿开始呢？小妹妹奥特拉曾在特里津，照顾过那里的孩子们，最后死于另一个集中营。过去，读卡夫卡病中书信，我常会落泪，痛惜他生年不满半百，后来想，他在他那时死，是深得其所。在平卡斯教堂转身间，想到卡夫卡灰蓝色的眼睛，心头生疼，幸亏卡夫卡早不在了，这也许是他一生中得到过的上帝唯一垂怜。

街上行人稀少，云过日出，我们挨着一排栅栏走，漫无目的，栅栏内一小块平坦墓地绿草如茵，几片红黄褐色落叶挤作一团，大半照在阳光下，几片藏进阴影里。1893 年至 1913 年，即卡夫卡青少年时期，布拉格大规模城市改造，犹太人聚集区拥挤破旧的老房子被拆除。这块土地上的犹太人,从中世纪起就不断面对驱逐令、驱逐解除令,再驱逐令,周而复始,直到约瑟夫二世颁布宽容令之后,推倒了原来的隔离墙,重新布局犹太区,也就有了约瑟夫区。1848年犹太人获得公民权,但驱逐和大屠杀并未终止,用卡夫卡的话说,“隔离墙移到了内心”,犹太人继续生活在恐惧中。平卡斯教堂二楼侧廊的一小幅铅笔画还在眼前晃动,它就是恐惧。我想画画的该是位女孩,又没法确认。“Raja Englanderova 25.8.1929–30.1.1942”。这是唯一详细的信息。画面是黑暗中的女孩,题为《恐惧》。铅笔线条涂黑了纸,一扇拱形窗涂得更黑,仅留个月亮,又小又白;窗下的女孩长发惊飞,直刷刷悚然拉在脑后,好像她就要被头发拖出画面;她是侧脸,瞪大圆眼睛,嘴巴大张,惊恐地喊叫着,又发不出声。两只她自己的手,被画得又大又黑,惊恐地朝向自己的脸。在一间黑屋子里,她独自一人,想站也站不住,抓不到任何要抓住的东西,似乎裹在狂风中,她是向后的,被风向后拉去,她抓不住自己。

三

午后的老城广场浮在光海里。烤肉的炭火升起青烟,木和肉的气味混合在一起,粘在人的鼻尖上,trdelnik(塔塔蜜)是用箱火烤,双手捧着热乎乎地吃,芯里巧克力一下子融化了,泉涌似的往外淌,连甜酒也是热的,但属于女人。男人们立在那里,一大杯啤酒慢慢慢慢见杯底了。

他是金属人,立在老城广场。他是银灰发亮的金属,像是从银灰粉桶里捞出的,帽子手套鞋到鞋下板凳都镀了银,脖子脸连鼻孔也镀了银,银灰眼皮下,埋着红眼睛,他立在那里,不会腐烂了。他把身体重心压在右腿,左腿微微弯曲,这姿态也不会腐烂了,他一动也不动。但没人往纸盒子里投钱,老城广场游客川流不息,有时有人聚上来,想去摸又小心翼翼缩回手去,有时他四周空荡荡的,像是广场中的广场。游客们的时间永远不够用的,又因为是用钱买来的,时间就更贵,但进了广场,四下游荡也就开始了。周围是一大圈建筑,建筑的前脸一律冲着广场。广场东北角,哥特式柱廊静静地浸进白色的日光里,日光先是洒落在地,然后渐渐逼退阴影,白喇喇地爬到柱廊内的墙壁上。柱廊这种形式把什么都做成一半一半的,阴影压左肩,光线在右肩头上颤动,里侧封闭外侧开放,头上肋纹圆顶敷有神性的晖光,露天咖啡座就在廊外,沿着柱廊慢慢往前走,世俗性日常性的气味和声音在侧畔飘过。

扬·胡斯青铜纪念碑已成为孔雀绿色的,上百年时光侵蚀,没有抹去胡斯脸部清晰细致的线条,他的脸迎向前方,瘦削坚毅。这个欧洲宗教改革运动的先驱,在布拉格用捷克文布道著书,宣讲宗教平等,反对罗马天主教皇兜售赎罪券,1415 年,他被天主教会以异端邪说罪名处以火刑。胡斯的死激起了捷克人的愤慨,引发了胡斯革命战争,直至后来 1620 年“白山战役”失败,捷克民族遭受了灭顶之灾,战败的贵族包括知识分子或被处决或被放逐,或逃亡国外,捷克本土的上流社会和中产阶级丧失殆尽,只剩下底层贫民和农民。日耳曼化层层渗透,捷克文化急遽衰落,天主教被宣布为唯一合法宗教,德语作为官方语言,捷克语只有城市贫民和农民还在使用,大量捷克文学书籍被烧毁,只有胡斯精神不死,在古老的波西米亚子民心中存活下来。

站在旧市政厅塔楼往下看,老城广场在日光下炽烈发白,红屋瓦密集,泰恩教堂双塔尖及更远处的火药塔,露出两抹苍老的暗灰色。不同世纪不同风格的建筑围着广场向外铺开,外来的天主教徒进入布拉格,带来的是巴洛克式教堂、修道院和贵族官邸,眼下的巴洛克式建筑富丽堂皇,层层叠叠的黑暗消失了。广场像一只松开的手掌,手指一根根伸出去,插入建筑群中。也不对,建筑群间的街道更像裂缝,一道道细窄幽深,人们从裂缝中走出来,带着纤弱的影子,像小面条鱼,游弋着进入广场,缓慢迟疑,向南或者向西,看着没有任何目的,随意地游进来。很多建筑在地面看脸孔狭长,到了高处才发现,脸孔后卧着的身体更长,屋脊瘦硬,又像斯芬克斯神秘的脊背,里面藏在黑沉沉的深河。也许要到夜梦时分,老城广场才露出它沉重的历史面容,一座座建筑从日间的热闹艳丽中走出来,尼古拉斯教堂、金斯基宫、圣雅克教堂、火药塔,重新与过去融为一体,这才可以摸到那原生的野兽,它们在黑夜里活过来,及至清晨,老城广场一角的售货亭又有了声响,又开始售卖起热甜酒、香肠和面包,野兽才在黎明中悄悄隐去身影,老城广场又迎来烟熏火燎的一天,布拉格的心脏继续怦怦跳动。

透过旧市政厅三楼玻璃窗看到的,正好是"分钟屋",墙上希腊神话的灰泥刻画近在眼前,盾牌箭袋,战神马匹,全是文艺复兴时期回望过去的人文气息。“分钟屋”,一幢窄小的建筑,卡夫卡从六岁起住在那里,他的三个妹妹在那里出生,每天清早,厨娘陪着他到肉市街的德国少年学校去读书。朝下俯瞰,他上学的路线不难勾画,一路穿过广场,进入采莱特纳大街,之后是肉市街,这小小的少年终日心怀恐惧,在忐忑不安中等待夜晚的到来,厨娘很有可能会在那时向父母告发他的不是。直至临近不惑之年，这恐惧还落纸上,在写给情人的书信中沙沙作响。

他写下来，什么也不被死亡带走。我人到中年时才读到卡夫卡,第一部小说《变形记》还没读完就开始落泪,“格里高尔几乎什么也不吃了”,起先格里高尔还以为,是房间里的状态使他感到悲痛才没胃口的，其实是他看到自己心中对家人怀有的爱被撕成了碎片,临死前他问自己:“现在怎么办?”这一深渊,跌进去我就再也没爬出来过。是的,可以确认张爱玲所说过的,生命是件爬满了蚤子的袍子。生命的不体面全在内里,很少有人把它翻出来晾晒,于是我们都十分体面的样子,在世上来来往往。读《地洞》我几乎被吓坏了,也明白了天下竟还有人跟我一样,这样惶惶不可终日,这样不安。读他所有的文字,追踪他血液里的恐惧,不知道他写的是不是人类,但晓得他写的那就是我。有一天经过金斯基宫门前时,听到一个英语导游大声说,德国人称卡夫卡是德国作家,犹太人称其是犹太作家,捷克人称其为捷克作家,导游问大家的看法,大家纷纷摇头。我站在一旁,只有悲凉,卡夫卡是犹太人,在捷克土生土长,用德语写作,他复杂,就像布拉格,他难解,就像布拉格,然而直到死后，也还没从困扰他的身份认同中解脱出来。

重新回到老城广场，斜阳里一张张兴高采烈的面孔。小丑不知用什么法子把自己和童车连为一体，他头戴尖软帽，身穿彩色条纹绒衣，车座上舞动着幼孩似的四肢，却是成人的脸，扑满白粉，打着两团红脸蛋，亚洲人的小眼睛、短眉毛。他似乎笑着，但有点倒八字眉，一笑就显得很忧愁。他因为高兴而跳起来，手舞足蹈，嘴巴动着，咧着笑着，偶尔东张西望，似乎在寻找着什么。他是老人呢，还是孩子？

《散文》2019年第6期首发

蒋小宣的爱情

渊子

散文

ESSAY

百花文学奖

The 10th Baihua Literature Award

散文奖

渊子

渊子，本名原智。作家,现居大连。出版有个人作品集《情满临江》。作品散见于国内报刊。

一

小宣说，三年前，教堂的牧师给她打电话，说是打听了好多人才找到她的电话。小宣心中疑惑：我也不是基督教徒找我干什么呢？牧师说不是他找她，是江苏连云港基督教堂给他打电话，请求寻找一个叫蒋小宣的女人，只提供了她二十世纪七十年代在镇招待所做过服务员的信息，别的都没提供。教会发动全体教友四处查找，终于找到了你的电话。牧师说找你的人叫李建国，为什么找你没说，留了电话。对方说，如果找到蒋小宣请把电话给她，回不回话是蒋小宣的自由。我们找到你，已完成了上帝交给我的任务，上帝会保佑你的，阿门！

蒋小宣记下电话，好长时间愣在那儿，脑子里飞快地搜索着"江苏连云港，李建国"，试图以最快的速度找到答案：这人是谁？为什么找我？

但蒋小宣在第一时间里无论如何也想不起这个人了。

这件事小宣没和丈夫说。她是个相夫教子、从一而终的女人，一辈子没有异性朋友，说起这事还真有点不得劲。但小宣和女儿说了，女儿说，妈，不就一个电话嘛，打一个不就完了，都什么年代了，你还那么保守。

但小宣还是没打这个电话。

小宣在心里搜索了几百遍，江苏连云港她绝对没有认识的人，外省市的也没有。如果非要找的话倒是有一个，可这个人是南京人，叫李坚固。再说，认识李坚固是四十多年前了，他不可能找她，没有道理呀。

如果没有这个电话的事，李坚固是不会回到蒋小宣记忆中来的，因为那只是她认识的一个人而已，准确地说，是她刚参加工作时到她们招待所住宿的一名顾客。

蒋小宣小时候学习不好，十六岁就辍学了，正赶上镇招待所招工，但不是随便招，得有门子，就是要有关系，有领导说话才能招上。蒋小宣的父母都没这能耐，原本是招不上的，但小宣长得漂亮，又特别白，往那儿一站就像一枝出水芙蓉，想不招她都不行。毕竟是镇招待所，常有接待上级领导的任务，服务员漂亮领导看着也舒服。就这样，小宣“不战而屈人之兵”，当上了镇招待所的一名服务员。因为长得漂亮，被安排在登记室负责旅客登记，不用洗床单被罩，也不用打扫房间厕所，让好多人都羡慕死了。

二十世纪七十年代，林业局正是兴盛之时，来临江采购木材的老客特别多，有不少住在镇招待所，李坚固就是其中一个。

在往登记簿上登记时，小宣好奇地问，李坚固？你怎么叫这么个名字？

李坚固说，我们老家在黄河边上，那些年河堤总是决口，可生我那年雨水很大但没决堤，就给我起了个坚固的名，大概是永保河堤太平的意思吧。

这个李坚固二十多岁，大高个儿，浓发，白白净净，像个书生。在等车皮的时间里，李坚固经常到小宣的登记室里说话，那时旅客不多，小宣的空闲时间都和李坚固说话了。通过聊天，小宣知道了李坚固在南京车辆厂工作,妻子是小学教师,他有两个孩子,一个姑娘,一个儿子,李坚固还给小宣看过他们全家的照片呢。

几个月后李坚固就走了。再次碰见李坚固是小宣正在家休产假,有一天上百货商店买东西,在招待所门口碰到了李坚固。李坚固非常惊喜,说我一来就找你,听说你休产假了,没想到还能遇见你。

只说了几句话小宣就走了,但小宣注意到了一个细节:李坚固在和她说话时,白净的脸突然变成了公鸡冠子,说话声音有些颤抖。

从那以后,小宣就再没见到李坚固,也可以说,李坚固早在她的生活里消失了。

二

小宣十八岁就嫁给了杜有贵,杜有贵是一个司机,开一辆解放牌卡车。那时全镇也没有几辆卡车,所以做一名司机很牛,当时有句流行语是"一是听诊器,二是方向盘"。司机在最吃香的行业中排第二,因此在找对象上就占了先决条件。杜有贵个子矮,长得黑黢黢的,掉人堆里找不着。他大姐在招待所食堂里蒸馒头,小宣一进招待所她就盯上了,赶紧托人去蒋家提亲。小宣的父母觉得找个司机家里以后拉煤拉秋菜就不用求人了,自然是愿意,但小宣太小,又刚参加工作,怎么也得再等两年。杜家说那没问题,先把婚订了,等小宣大一大再办婚事不迟。于是两家就把婚事定了。在二十世纪七十年代以前,临江的青年人找对象还停留在父母包办的背景下,有极个别不听话的自己找,都被人背地指责和笑话,对一个女孩来说,叛逆是件很可怕的事。

小宣很老实,自认为父母为自己找对象是天经地义,她自己从来就没想过要找一个什么样的对象。

虽然订了婚,但小宣和杜有贵仍保持很远的距离,再加上两人工作都忙,顶多就是去看场电影,散了场各回各家。杜有贵也憨,以为没结婚就不是自己媳妇,连小宣的手都没碰一下。

小宣十八岁这年,招待所发生了一件事情:所长把一个服务员奸污了,也有说服务员愿意的。此事在镇上传得沸沸扬扬,两家的老人害怕了,万一小宣出点啥事咋办?于是就赶紧张罗给两个孩子办了婚礼。小宣刚过十八,杜有贵也刚年满二十,两人一天恋爱都没有,懵懵懂懂就结了婚,以至于新婚之夜都闹出了笑话。

结婚时正是春天,晚上客人走后,杜有贵没领小宣回洞房(和杜的父母住对面屋),而是开车拉着小宣去沟里抓蛤蟆,一直抓到半夜才回家,两人倒头就睡了。第二天杜有贵单位有个老丧事,他得去拉棺材,晚上回来杜有贵的父母不让他回屋,要净身三天。这三天杜有贵就在父母那屋的对面炕上和弟弟妹妹们睡在一起。到第五天夜里,杜有贵才和小宣躺在一起。杜有贵常年出车,倒是听一些司机讲过房事,但也不得要领,刚抱了小宣一下,小宣就忽地跳下炕,在地上使劲蹦,说不行不行!怀孕了咋办?咱还没领准生证呢!又上下打量自己的身子,看变没变形。

小宣以为被男人抱一下就会怀孕的。

好在杜有贵这人不错,虽然不知道疼爱小宣,生活上都得小宣伺候着,但也不欺负小宣,就这么平平淡淡地过日子,生了两个孩子,一晃就老了。

三

天有不测风云,去年冬天,杜有贵和朋友喝酒后突发心梗就过去了。这对小宣的打击非常大,一是杜有贵身体一直很好,快六十了和小宣爱爱还很频繁,而且质量比年轻时都好,用他的话说:年轻时不懂,现在要抓紧补上。可就这么个生龙活虎的人,怎么说没就没了呢?小宣伺候杜有贵一辈子,但她乐意,冷不丁没人让她伺候了,她觉得整个世界都空了。

这天下午,小宣又想起了那个电话,其实这件事她一直就没放下,只是下不了打电话的决心。不知为什么,这个午后让小宣分外寂寞,她突然想找个人说说话,可又不知道该找谁,该说什么,她的心从来没有今天这么空荡,这么无聊。午后的阳光照在窗前的两盆君子兰上,君子兰蔫蔫的没了生气,花早就谢了,只留下几枚干瘪的花瓣挂在叶茎上。

小宣找出那个叫李建国的人的电话, 她发现时间并没有磨平她的好奇心,她想打出这个电话,了却这个心事。

电话打通了,传来一个苍老的声音:你好,我是李坚固,请问你是谁?

李坚固？小宣心里咯噔一下，你是李坚固，你不是李建国吗？

我就是李坚固，我不是李建国。

这时，李坚固的声音激动起来：你是小宣吗，真是你吗？上帝呀，我终于等来你的电话了！

但小宣还是不相信这人是李坚固，她记得李坚固的声音细细的，软得像棉花，可这个人的声音连李坚固的一丝痕迹都没有，她没法相信。

这时，李坚固说，我知道你不相信是我，这样吧，我说一样东西你如果能想起来，那就一定是我。当年我走时送给你一个小暖水瓶你还记得吗？

小宣想起来了，这个小暖水瓶现在母亲还用呢，昨天她回家还给母亲烧了一暖瓶开水，是向阳牌，暖瓶上有个向日葵图案。

小宣心里高兴了，说，那你还记得我送你什么了吗？

当然记得，是大丽花根，你领我去你爷爷家挖的，对不对？

这人真是李坚固。

当年招待所的后院种了一片大丽花(地瓜花)，开起来十分艳丽娇媚，有一天李坚固就问小宣能不能给他弄到这花的种子，他想带回南京种在自家小院里。小宣告诉他，这种花不是种的，而是用花根培植，我爷爷院子里就有，等我带你去挖几棵。

李坚固发完了木材，要走时就买了只小暖水瓶送给了小宣，小宣说那我带你去爷爷家挖大丽花根吧。

在一个星期日里，小宣就带着李坚固去乡下的爷爷家。他俩是走着去的，正值盛夏时节，路边的托盘儿一簇簇的，像红色的翡翠。他俩摘了好多，李坚固用衣襟兜着，吃了一路，还说比南京的杨梅好吃。

这时的小宣已订婚了，可从来没和杜有贵走过，更没像今天和李坚固一起摘托盘儿吃。这一天是小宣最开心的一天，可为什么开心她并不知道。

四

小宣打完电话后才忽然想起忘了问李坚固为什么叫李建国了。至于为什么找她已有答案，就是李坚固想起了当年的事，想和她叙叙旧吧。

可没等晚上，李坚固的电话就打过来了，聊了一会儿才弄明白，他是南京口音，说李坚固时，记名字的人可能写成了李建国。李坚固说，自从留下电话号，他就再没换过号码，每天二十四小时开机，就怕错过小宣打来的电话，今天终于等到了！

小宣问，你找我就想叙叙旧，还有别的事吗？

李坚固支吾了一下说，我们加微信吧，联系起来方便。两人就加了微信，李坚固的微名还叫李坚固，而小宣的微名用了一个“萱”字，但两人的大头像却都是孙子孙女的照片。

五

加了微信后，小宣和李坚固没几天就把分别四十年后，各自的生活情况都了解清楚了，中断联系已久的两个人很快熟悉起来。

一天晚上，李坚固给小宣发来一张照片，小宣放大看竟是自己年轻时的照片。是一张二寸工作证照，浅浅的笑，明眸皓齿，刘海弯弯，一只大辫子搭在胸前。

小宣问李坚固，你怎么会有我的照片呢？

李坚固没有回答，又发来了一个视频，小宣点开一看，是李坚固家客厅的墙上，小宣这张照片被放大后挂在上面。

这下小宣更惊了，你怎么可以把我照片挂你家墙上！别人问你怎么说？

李坚固说，请原谅我这么做。因为我从见到你的第一天起就爱上你了，当然你不知道。可那时我已结婚，没有资格与你恋爱了，只能把对你的爱深藏起来。我送你暖水瓶是有寓意的，就是我对你的爱是滚烫的，但也只能封闭起来。那张照片是我偷来的，有一天我去你登记室聊天时，看见桌上有个照相馆的纸袋，我趁你上厕所时偷了一张藏进兜里。从此这张照片就再没离开我，一直放在我办公室的抽屉里，我怕丢了或损坏了，还多洗了几张。因为这张照片对我来说就如我的生命，我不可能爱你了，但有这张照片在身边，我就时时可以看见你。二十年前我妻子病故后，许多人给我介绍对象，我一个都没看，我的心早就被你装满了，更重要的是，我想让自己有资格等你。你知道当爱上你后却没有资格表白是件多么痛苦的事吗？后来我干脆把你的照片放大挂在墙上，不管谁问我都说你是我爱人，只是现在找不到你，但总有一天会找到你的。

还记得我和你第二次见面吗？我第二次去临江发木材时，我的想法变了，我已无法控制自己，我想和你提出来，如果你同意，我会解决掉我的婚姻，尽管我没有任何理由，但为了和你在一起，我愿承担一切。

可当我听说你休产假的那一瞬间，我如五雷轰顶！你在我心目当中是个多么清纯的女孩呀，怎么就休产假了呢？我不相信你这么小就成了别人的媳妇。可当我在招待所门口撞见你的那一刻，我相信这是真的了，因为你比之前丰满了许多，当然也更漂亮了。我的精神塌了，没法发木材了，因为我每在临江住一天就像把心放在火上烤上一天。我受不了这种折磨，我扔下工作，直接回了南京。上班后无精打采，领导问什么原因我又不说，一气之下把我调到了连云港。

退休后我就加入教会了，有一天牧师说我有心事，说你说出来吧，上帝会帮助你的。我把心中的秘密告诉牧师后，牧师就联系了你们那里的教会，很快就告诉我找到你了，并把我的电话号给了你，我等了三年多，终于等到了你。我的牧师说，所有人的困惑上帝都会管的，我们都是上帝的孩子。

六

小宣对我说，当她把李坚固对她的爱告诉女儿后，想不到女儿非常支持她和李坚固在一起。女儿说，多难得啊，四十年的等待，这个男人一定是真爱你的。你应该去找他，把你晚年生活过得精彩，这太像一部爱情电视剧了。

我也被小宣讲的故事感动了，我说，小宣，你才五十七岁，完全可以再去恋爱一回，再说李坚固这么爱你，对你一定错不了，就别自己单着了，老了怎么也得有个伴呀。

小宣说，我也这么想的，我现在还行，可再过几年呢，孩子都忙，有心照顾我也没时间呀。

小宣说，这件事是不是挺有写头的，你拿去写一篇吧，也算我支持你们文苑了。

我笑了，说，等你和李坚固见了面，后面的故事更精彩呢。

小宣也笑着说，等我把以后的事再告诉你，你还可以写个续集呢。

七

我在临江住了两个多月，要走的前一天黄昏，在万乐福超市又碰到了小宣。我连忙请小宣到旁边的“希味道”坐下，我急着问小宣，这么快回来了，咋样？

小宣说，我没去。

为什么？

小宣说，我想了又想，还是决定不去了，我放不下小外孙，开学就上幼儿园了，女儿忙，我得帮着接送，我走了小外孙怎么办？

那李坚固可不可过来呢？

商量过，他儿子和女儿都不同意他过来。

我一时语塞，因为太多的女人都为家庭奉献了一切，等到了享清福的年龄，孙子孙女外孙外孙女又来了，我的一个朋友还被女儿追去美国看孩子，小宣不过是其中之一罢了。

但我还是问，李坚固那边怎么说？

小宣说，他理解我，说我这种人走出这步比登珠穆朗玛峰还难，我们能联系上，现在又能在微信里天天说话就很知足了。

说到这儿小宣突然哭了，窗外的夕阳洒在她的脸上，把她镀成了金色的雕塑。

《散文》2019年第12期首发

百花文学奖

The 19th
Baihua Literature
Award

散文奖

入围作品

李一鸣

夜宿淮安

到淮安时，已是黄昏。

时令接近晚秋，树叶大多泛黄，河水凝重起来，淮安坐落在一片秋日的金黄里。

和三五友人坐在运河边酒馆小餐。从窗子望出去，壮阔的运河两岸灯光闪烁，流光溢彩，勾勒出古式的建筑，尖顶的亭子，多彩的桥。河中偶有画舫驶过，河水泛着红的绿的橙的蓝的多色的波痕，深沉地呼吸，缓缓地远去。

于是怀想这河水、这城市，旧时的时光。

这河水，从遥远繁华的京都，穿过津门、燕赵大地、齐鲁山水，漫然而来又默然南去，奔向吴越古道、江南水乡。两千多公里，这运河，当年是多少万人，经年累月，一镐一镐地刨，一锹一锹地挖，一篓一篓地背，一车一车地推，硬从平地上开掘出来的？那些褴褛的衣服、蓬乱的头发、额上深深的皱纹、茫然的眼睛，胳膊上、腿上的青筋……早已作了古人！隋、唐、五代、辽、宋、夏、金、元、明、清，一直到今，两千五百年沧桑岁月里，它曾负载多少历史故事，映照人间多少灯火？

想这淮安的当年，是何样的气象。大河之上，商船云集，千舟往复，纤夫拉纤，船夫摇橹，飞虹卧波，不分昼夜。周边则店铺林立，酒肆里人声鼎沸，街巷里骑马的、乘轿的、背篓的、顶筐的、挑担的，熙熙攘攘；占卜的、修脚的、钉鞋的、剪发的、卖糖葫芦的、贩布匹的、售厨刀的、经营各类杂货的，一块块篷布，鳞次栉比；波斯的地毯、大食的异药、新罗的檀弓、越南的象牙、吕宋的烟草、天竺的郁金香和菩提树，琳琅满目；盐市、鱼市、米市、草市、莲藕市、牛羊市、猪市，更是非凡热闹。到了夜晚，定阳、浙绍、润州、福建、江宁、江西、镇江、四民、新安，散落各处的会馆灯火通明，歌吹沸天；开元寺、龙兴寺、紫霄宫、东岳庙、宴花楼，外语和方言不绝于耳，诗酒唱酬，千灯市喧……那可称得上“楼台座座酒正酣，笙歌曲曲唱月圆”。而城外，近处则帆樯如林，静立河上，灯影半临水，筝声犹在船；远望，那运河之上，烟笼夜色，红灯十里帆樯满，风送前舟奏乐声。不愧是东南第一州的壮美景象啊。

历史已远去，河犹在，人不同矣！

遐想间，餐馆起菜了。最先上的居然是汤包。

记得朱自清先生曾在《说扬州》中提道：“北平淮扬馆子出卖的汤包，诚哉是好，在扬州却少见；那实在是淮阴的名产，扬州不该掠美。”可见汤包算得上淮安当之无愧的特产哩。

那汤包，一个一个各自放在一个笼屉里，白白胖胖，饱满细腻的皮儿里，隐隐透出黄澄澄的汁液。我急忙忙拿起筷子，就要夹之于碟。旁边的朋友立时拉住，小心帮我撮入碟内。先端起碟来，轻轻转动，只见那包子皮竟如薄纸，汤液如水，随之鼓动流转起来。这可是平生第一回见到流动的汤包，真切的包“汤”。不仅如此，这汤包竟不可直接吃，而是先须用吸管吸，把吸管轻轻插入汤包，细细品食包中的汤馅。一口吸入，顿觉一种无上的美味浸透味蕾，盈满口腔，极鲜美、极醇厚，明香合着暗香，带着糯糯的质感，一种仿佛醉了的感觉涌上脑际。而后，趁馅汁尚未完全吸尽，将包子三两口吃掉，再回味咂摸那吃的过程和余韵。所谓“轻轻提、慢慢移，先开窗、后喝汤”，是其程序；独吮其汁、风卷其皮、奇美自知、人莫能察，乃是食之哲学啊。

禁不住问这汤包的制作过程。友人慢言细语，娓娓道来，满座从惊叹中安静下来。却说这汤包皮的制作，似乎最简单，却又非常人能及，以水调面，皮面要擀到绡薄，仿佛成了一张张面“纸”，一点火就能着，但却又能包住汤馅，蒸而不破；馅心则以肉皮、鸡肉粒、蟹黄、虾米、竹笋、香料、绍兴酒等十数种配料混合而成，先经大火烧开、小火煨制、筛去汤渣、旺火收浓等十几道烦琐工序，而后加入酱油、白糖、味精、盐、胡椒粉等搅匀，取出入盘，凝成汤冻，即成馅心。而包制时，则要用手轻撮，小小心心防止捏破，掌握的速度、力度、饱满度，都大有学问呢。

言谈间，又上来一精美汤碗，只见汤水中漂荡着白的、红的、黑的、淡黄的细丝，五彩缤纷，轻盈透亮，似沉似浮，散发出特有的清香。一勺入口，软、嫩、柔、滑、清、醇，未及咀嚼，已化为汤液，唯留鲜美在口中缭绕。一问才知，那缕缕白丝，原来竟是豆腐！菜名叫文思豆腐。

说来这“文思豆腐”传之久矣。清乾隆年间，扬州梅花岭天宁寺有个和尚叫文思的，特别擅长制作豆腐菜肴。他用嫩豆腐、金针菜、木耳等原料制作的豆腐汤，滋味异常鲜美。清人俞樾在《茶香室丛钞》中记载道：“文思，字熙甫，工诗，又善为豆腐羹、甜浆粥。至今效其法者，谓之文思豆腐。”据说乾隆皇帝品尝过这道菜后，赞不绝口，引入宫廷，遂成清宫名菜。此菜最见功夫者，在刀功也。一块两厘米厚豆腐，须能片成三十薄片，进而切丝如发。这也震动了曾品味此肴的李光耀。这位走遍世界各地、见多识广的新加坡前总理，不住赞叹：“文思豆腐细若发丝，真的了不起！”

继而，友人点的软兜长鱼、水晶虾饼、蟹粉狮子头等淮扬菜陆续上桌，尝之无不精美绝伦，而且每道菜都连接着一个或几个故事，令人感慨万千。最后一道菜终于上来了，是鱼圆。遂百度了“鱼圆”词条，看到袁枚在《随园食单》中的记载：“鱼圆：用白鱼、青鱼活者剖半，钉板上，用刀剖下肉，留刺在板上。将肉斩化，用豆粉、猪油拌，将手搅之。放微微盐水，不用清酱。加葱、姜汁作团，成后，放滚水中煮熟，撩起，冷水养之。临吃，入鸡汤紫菜滚。”乃想到这袁枚享用鱼圆美味时，是否暗想起“精心独运”“自出心裁”“独抒性灵”“天籁最妙”的诗话要义呢？

品完河边小馆这几道淮扬菜，才切身体认，这被誉为“东南第一佳味，天下之至美”的美味，果然蕴含着“以味为核心，以养为目的”的中华烹饪文化特质。固然口口相传，使它盛名远播，名著《红楼梦》中的描述，更使其上可至官宴，下能到街馆，远则通达西洋诸国。凡有华人处，皆有淮扬菜，道尽这一美肴之胜。

于是又想到这运河的开凿，影响了多少地域发展，滋养了多少文化生长。如果没有运河，这淮安或会与所有湖环河绕的鱼米之乡一样，宁静如南国清丽少妇，淡然而寂寞地送日迎月，度着时光，哪会成为南北襟喉、漕运要津？哪会有高帆巨舻、群行旅集、南船北马、舍舟登陆？哪会见两岸漕船八十里，樯灯累累一时起？更不会有日本遣唐使十多次由此折返扶桑之国，冷面沉默的新罗人聚居新罗坊，卷发凹眼、身着长袍的阿拉伯商人定居北辰坊……这才有了一座座酒楼饭庄，一间间面馆饼铺，一个个熏烧摊，一条条叫卖担；也才有了清淮八十里，临流半酒家，青旗沽酒舫，红板卖鱼船；也才有了“淮浦高楼高入天，楼前贾客常纷然。歌钟饮博十户九，吴歈不羡江南船”。北国与江南手法融合，外国与本土制式互补，融合百家，演绎千味，这也才有了淮扬美食吧。

这样的情景也必然发生在运河来去的路上。

当年舟船解缆的通州，当时是一派“天际沙明帆正悬，翩翩遥望影相连。漕艇贾舶如云集，万国艅航满潞川”（尹澍）的胜状；天子出行的津门，则是“长江西上接天津，万舰吴粳入贡新”（李东阳），“万里云帆漾碧天，村烟渔火泊吴船”（李贲）的境况；到了沧州，是“工商如云屯，行舟共曳车。漕储日夜飞，两岸闻喧哗”（刘梦）；船过临清，则是“繁华压两京”：“名士清樽白玉尘，佳人红袖紫鸾笙。雨晴画舫烟中浅，花发香车陌上行。”到达济宁，这“水陆交汇，南北冲要”“控引江淮咽喉”地带，自是“日中市贸群物聚，红氍碧碗堆如山。商人嗜利暮不散，酒楼歌馆相喧阗”的繁忙。等运河流到苏州、扬州，便呈现出南国气象：“阊门晓严旗鼓出，皋桥夕闹船舫回”（白居易）“万艘龙舸绿丝间，载到扬州尽不还。应是天教开汴水，一千余里地无山”（皮日休）。终至杭州，“彩舫笙箫吹落日，画楼灯烛映残霞”（王安石），仍是一派华彩景象。而这些名城，也随着人流物流、文化繁盛，成就了一道道名吃：十八街麻花、耳朵眼炸糕、狗不理包子、河间驴肉火烧、德州扒鸡、武大郎烧饼、玉堂酱菜、逍遥丸子、沛县狗肉、常州大麻糕、镇江肴肉、藏书羊肉、金刚肚脐、宋嫂鱼羹、西湖醋鱼……闻名天下的鲁菜、淮扬菜，便是普天下舌尖儿上的精华。

酒足饭饱，在这小小饭馆，朋友们就谈起这块土地上的文化。

早在西汉时，淮安人枚乘就写过著名的辞赋《七发》，其中一段吴客劝楚太子品尝天下美食的文字：“犓牛之腴，菜以笋蒲。肥狗之和，冒以山肤。楚苗之食，安胡之饭，抟之不解，一啜而散。于是使伊尹煎熬，易牙调和。熊蹯之臑，芍药之酱。薄耆之炙，鲜鲤之鲙。秋黄之苏，白露之茹。兰英之酒，酌以涤口。山梁之餐，豢豹之胎。小饭大啜，如汤沃雪。此亦天下之至美也。”其中即大书淮安当地佳肴。

南宋时，江西人杨万里多次路过淮安，发思古幽情，叹宋金之战,有《登楚州城望淮河》:“望中白处日争明,个是淮河冻作冰。此去中原三里许,一条玉带界天横。”二次登临,又发新诗:“已近山阳望渐宽,湖光百里见千村。人家四面皆临水,柳树双垂便是门。全盛向来元孔道,杂耕今是一雄藩。金汤再葺真长策,此外犹须仔细论。”可谓思虑重重。但一见淮安美食,也便禁不住沉湎其间,暂时忘却沉痛。他的《初食淮白》云:“淮白须将淮水煮,江南水煮正相违。霜吹柳叶落都尽,鱼吃雪花方解肥。醉卧糟丘名不恶,下来盐豉味全非。饔人且莫供羊酪,更买银刀三尺围。”而这“酒炊淮白鱼”竟也成为南宋宫中的名品。

最见品性的却是李白的《淮阴书怀寄王宋城》:“沙墩至梁苑,二十五长亭。大舶夹双橹,中流鹅鹳鸣。云天扫空碧,川岳涵余清。飞凫从西来,适与佳兴并。眷言王乔舄,婉娈故人情。复此亲懿会,而增交道荣。沿洄且不定,飘忽怅徂征。暝投淮阴宿,欣得漂母迎。斗酒烹黄鸡,一餐感素诚。予为楚壮士,不是鲁诸生。有德必报之,千金耻为轻。缅书羁孤意,远寄棹歌声。”诗人傍晚到淮阴住宿,幸得老妇人热情相待,当即宰杀黄鸡并以酒炖好,招待素不相识的游子。李白感动于淮阴淳朴真诚的民风,联想起当年淮阴人韩信“乞食漂母”“一饭千金”的佳话,遂发出“有德必报之,千金耻为轻”的誓言。殊不知这不仅成就了“酒焖黄鸡”这道淮扬菜,而且使美好的故事流传了下来。那缅书羁意的诗人已走进历史深处,而那棹歌之声却时时响在后来人的耳边……

李白去了,生于斯长于斯的梁红玉、吴承恩、关天培去了,那几十几百万河工去了，十二岁离开故里，就再也没有回乡的周恩来，也永远地去了……

明代永乐帝的好友姚广孝的诗，响在心头：

襟吴带楚客多游，壮丽东南第一州。
屏列江山随地转，练铺淮水际天浮。
城头鼓动惊乌鹊，坝口帆开起白鸥。
胯下英雄今不见，淡烟斜日使人愁。

窗外，运河的水沉沉着着缓缓地流着。

天上，一眉秋月，静静朗照。

原载《北京文学》2018年第10期

《散文海外版》2019年第1期选载

田鑫

大地知道谁来过

绳子

绳子是草给人的启示，有了绳子，人一把就把草拽到了人间，草替人干了很多事，也记住了很多细节。

最开始，绳子是一棵又一棵的草，是一地的麻，立在大地上。

大地很大，装着人间和别的东西，草在人间以外，没有人把草当回事，直到他们发现，草可以变成草绳的那天开始，草才引起人的注意。

有很多事情需要用绳子来捆绑，比如另一些草。去山坡上割了一捆草，想把它们转移到院落里，不是一件容易的事情，抱是抱不了多少的，最后用一些草编成草绳，运送另一些草就变得简单起来。

人的记性不好，有好多事情需要在绳子上打结来记住，“事大大结其绳，事小小结其绳”，打多少结就能记住多少事，最后大大小小的结，就成了回忆过去的唯一线索，比啥都可靠。

绳子一下子就把自己和人捆绑在了一起，人也开始研究和关注绳子，后来就有了编草绳的工具和技艺，绳子也越来越精细，可以是很粗很长的麻花辫，也可以是细得可以穿过针眼的针线。我见过用木头搭成的纺线车把一捆一捆的草变成绳子，这些绳子足以把整个村庄绑得严严实实。我也一直记得小脚的祖母坐在屋檐下，用一把小小的转车，让一缕一缕的麻变成细线，这些细线，把布和鞋底纳在一起，穿在脚上帮我们走遍村庄。

我曾经无数次用绳子牵着牛，从院子里出来，绕过巷子，下一个坡，到水坝里饮牛。我在前面走，牛跟着我，牛在前面走，我拽着牛，有一种感觉很浓烈：此刻被我牵着的，就是我自己的。孙悟空画个圈就把师父护住，老虎撒泡尿就把地盘占住，我用一根绳子就把牛拴在槽头上，这是一件可以和孙悟空、老虎一较高低的事。我还用绳子把背篓绑在肩膀上，把旋转的陀螺控制在一直旋转的状态。大人们更有本事，他们用绳子捆回来粮食，用绳子牵回来女人，甚至用绳子把裂开缝隙的屋子扎紧，有个叫三娃的还用绳子把撞坏了的拖拉机修好，这头只吃柴油的手扶拖拉机，螺丝都掉了，可是一根绳子就能让它重新发出突突突的吼声。

柔软的绳子，可以捆绑和牵引地面上的事物，也可以向上和向下，接触高天厚土。小时候爬过树，上过房顶，也走遍了村庄周边所有的山头，总觉得自己走过的地方还是不够高，要是有一天能摸到老天爷的屁股就好了，就整天想着能高一些，再高一些。语文课本上，有个叫富兰克林的外国孩子，把钥匙绑在风筝上，在雷雨天等着闪电的到来。插图上那道光落下来的时候,一根长长的绳子似乎连接了天空和大地,富兰克林应该摸到了老天爷的屁股。受他的启发,在一个风正好的周末,我揭下糊在墙壁上的报纸,照着课本上风筝的样子,做了一个笨拙的风筝,偷偷拿走奶奶纺了半个月的细麻绳,准备和天空对话。我们几个都想上天的小伙伴,把纸糊的风筝拿到山上去放,那里离天空最近。我们一边跑,一边放线,可是风筝一离开我们,就像受伤的雏鹰,一头栽倒在山坡上。我们一遍一遍地放飞,风筝一遍一遍地栽倒,我们都失去耐心了,就将纸糊的风筝胡乱扔向天空,风正好吹过来,就把它带走了,我们兴奋得大叫起来,追着风筝跑啊跑,线绳在手里绷得紧紧的。后来风筝被越吹越高,快要碰到那朵白云了,可是手里的麻线绳明显不够用,风筝快要触到天了,我们放开手中的麻线绳,风筝这匹脱缰的野马,开始撒欢。我们欢呼,我们跳跃,就像我们摸到了天空一样开心。回家的时候,奶奶到处找她纺织麻线绳的小工具,我才想起来,它还在风筝上拽着,奶奶怕是再也找不到她纺的那卷麻线绳,它跟着风筝上天了。

小时候大人们骂我们,总说我们能得上天入地呢,这天用风筝上过一回,可地却从来没有入过,于是就想着能遂大人们的愿,想办法入个地试试。村庄的土太硬了,挖不了几铁锹就瓷实得再也挖不动,我们只能作罢。不过有个地方可以入地——井——我们从那里掏取大地深处的水喝,自然它就成了村庄最深的地方,如果进入那里就等于入地了。可是,把头探到井沿上看一眼就觉得眩晕得厉害，如果进去那不淹死也吓个半死。于是我们都打消了入地的念头，可是有人却一直想尝试，趁人不注意，他纵身跳进一口枯井里。落到深处的时候，他就后悔了，伤痛和恐慌让他本能地开始呼救。幸运的是有人路过的时候听到了，于是找来井绳，把自己绑到一头吊进井里。被拉上来的时候，他煞白的脸上泛着怪异的光，后来村子里的人都说，是绳子给了他一条命。

绳子能上天也能入地，绳子在人的手里变化自如，可是人没想到，终有一天，人会把绳子套到自己的身上。是一个和别的时候没有任何区别的午后，村庄里寂静无声，太阳晒得屋檐裂出细小的口子。突然就有哭声传出来了，伴着撕心裂肺的呼喊，人们聚集到一间黑乎乎的屋子时，房梁上挂着一个人，绳子在房梁和脖颈间，直挺挺的，显得无辜而又不知所措。这个瘦小的男人，在被肝病折磨了大半年之后，选择用一根绳子结束自己。这是一种少见而又让人唏嘘的死法，在大家眼里，绳子的用途有很多种，但万万不会是这样的方式。自寻短见的人，很快就被装进了早就准备好的棺木里，吉日一到，就被人群送到坟地。那天，我们混在人群里，看着红色的棺木被粗粗的绳子紧紧地绑着，人群缓慢移动，绳子始终未松手。我突然想起这个人把头伸进绳子里的时候，一定也有紧紧抓住什么的念头，可是他除了抓紧绳子，还能抓紧什么呢？

绳子和人纠缠了那么久，最后还是没抓住任何一个人，死去的人没抓住，活着的人更抓不住，我们在绳子的眼皮子底下一个个从村庄里溜了出来。绳子离我们越来越远，原本想着再也不会被它牵绊,可没想到,不管我走多远,飞多高,乡愁这根绳子,却一直紧紧地拽着我。不过这样也好,在漂泊的日子里有个东西拽着,也不至于下落不明。

长腿的风什么都知道

如果仔细听,就能听到一株草顶破土的声音。它弹开一块土的瞬间,是那么努力,使出这辈子最大的劲似的。而更多的时候,我们是听不到这一切的。我们都走得太过匆忙,完全忽略了一株草所具有的力量。

想听见破土的声音,还需要一场风。入冬之后,人也需要在一场风之后才能渐渐苏醒。立春一过,风开始透过渐次变薄的衣物,慢慢渗进身体,把春天,把绿,把舒展,把芬芳一股脑灌进人的身体里。

这时候,人和大地一样,缓慢地被打开。疏朗起来的身体,连毛孔也有了抽芽的错觉。风就这样,把人唤醒了,让人和万物有了一样的气息。风让一切苏醒,当然也就掌握了一切事物的秘密。

你别不信,长腿的风什么都知道。疾风知劲草,其实,除了草,它还知道河流的一切,树的一切,村庄的一切,路的一切……甚至连城市的一切,只要它愿意,也能轻而易举地得到。

芒种前后的一天早上,我赖在床上玩手机,冷不丁听到一声“布谷”。毫无疑问,这来自一只布谷鸟。不过,它是怎么出现的呢?我住的小区里,树是刚栽下去的,还没有鸟儿在上面筑巢。而这个城市,也没有让布谷鸟留恋的东西。不算高的楼房,将一些孤单的树裹挟在其中,有些树,偏僻得连风都吹不到,更不用说能让布谷鸟找到它,并将它作为自己的巢穴。

别看布谷鸟叫声洪亮,其实它天生就是个胆小鬼,从来不接近人和村庄,怎么会突然到城市里来叫这一嗓子?我对这一声突然就来了兴趣,放下手机,起身,立在窗户边静静地倾听。

可惜的是,随后的很长时间里,这声音再也没有出现。它一闪而过,没有留下任何蛛丝马迹,我找不到它的出处,也看不见它的去处,只能对着窗外发呆。

我一直想弄明白它的来历,于是就想到了风,肯定是它路过带着湿气的树林时,见到了这只正在啼鸣的布谷鸟。风被它吸引,但是鸟是带不走的,风就把它的叫声带走了。于是,这叫声,穿过草地、溪水,绕过几条土路,就到了城里。风跑累了,就把布谷鸟的叫声歇下来,留在了我的住处。

风能带来布谷鸟的叫声,就能带来它的秘密。这么想来,还有谁的秘密是可以在风面前守口如瓶的呢。它们每到一个地方,就带走这个地方上所有的秘密。秘密越来越多,风背不动了,就停下来,随意地卸下来一些。于是,我就在一个清晨,听到了一只布谷鸟的叫声。

这事已经过去半个多月了,我还时不时会想起那一声“布谷”。想它的来历,想它的出处,想它抵达城市的路径,想它让我听见的意图。我一度怀疑,这一声被风带来的叫声,是要启示我的,可是到底要启示什么？

这一切，风没有告诉过我。而我也没办法向它核实。现在，我连带来这声“布谷”的那阵风去了哪儿都说不清，更别说向它追问答案。我陷入一种焦虑当中。

有一天，读陆游的《嘲布谷》，有了找到答案的舒畅。他言：“时令过清明，朝朝布谷鸣。但令春促驾，那为国催耕。红紫花枝尽，青黄麦穗成。从今可无语，倾耳舜弦声。”布谷鸟让风带来的这一声啼鸣，原来是要提醒我。

可是，它究竟提醒我什么？要是在我的村庄，听到布谷鸟催耕的啼鸣，再懒的农户，也都开始拾掇闲了一冬的农具。但是，这一声对于一个已经告别村庄蛰居城市很多年的人来说，意义何在？

后来，我想明白了，这一声无意间被风带进城市的啼鸣，是让我记住时令，记住村庄，记住来时的路。风也是煞费苦心啊，原本以为随意卸下的一声啼鸣，却带给我如此多的思考。在我看来，不是所有风都会为一声啼鸣或者一个人带路。相反，它们只会使劲吹你走过的路，要么把一切吹得一干二净，要么把一切吹得乱七八糟。

我开始相信，有些记忆是风吹来的，有些记忆是被风吹走再也没有回来的。

我在万千人中走着，风吹过来的时候，还在低头赶路，想着接下来要发生的事情，丝毫没有注意它正在向我靠近。它击中了我，我就再也走不动了，站在原地。这些带着味道、尘埃和温度的风，其中的一些东西就这样唤醒了我。于是，我就想着自己也成了一阵风,不停地吹,吹过我刚才走过的路,吹过我以前走过的路,吹过我出发的地方……风就这样一直吹,一直吹,直到把自己吹旧。而那些被风吹来的记忆,还像当年一一经过时那般新鲜。

我曾经小心翼翼将那些散落的碎片收集起来,或者藏在记忆中。但是有一天,当我想着翻检它们时,却突然找不到任何与之相关的信息。回想起某些事情来,我就找到当事人,试图还原当时的情景,可是时过境迁,我们忘掉的细节太多,已经无法描摹当年的情景。

这时候,就需要一场风,把被我遗忘在过去的东西一一吹回来。我抿着嘴,不断收缩着鼻孔,面朝天空使劲吸气,可是,风中没有任何痕迹。风不来,我担心有一天全部的回忆就这样渐渐模糊了,到时候,我们就真的回不去了。找不到来路,也没有去处。

原载作者散文集《大地知道谁来过》

《散文海外版》2020年第12期选载

任芙康

中流划来放筏人

中国文坛不爱寂寞，总愿天天有喜事。近来好些年，“重走长征路”，有声有色，蜂飞蝶舞，令人欣慰甚多。曾经的雪山、草地，昔日的遵义、延安，从淡忘中回来，再度成为顶礼膜拜的圣地。才郎雅女的仰头瞻仰、拉旗合影、举臂宣誓、动容抒情，无一不锦心绣口，别有惊艳。我仿佛回到学童，喜乐交加，又毕竟年已老迈，便有浅浅惆怅无以言表。

小时家住厂区，我七岁上了附近农村学校。这是一所乡级中心小学，黄桷树上挂着老钟，两座二层砖楼，是民国元年(1912)的建筑。到了三四年级，工人子女与农民子女在一些芝麻小事上彼此较劲儿，为争个你输我赢，时而还会诉诸拳脚。每日放学，校长与值班老师必是立于校门高岗上，监视两伙乳臭未干的斗士，在岔路口作鸟兽散，才放心转身。

这一天，一场打斗，见血见肉，两边“头目”被传进校长室。校长素来安静，对学生从无责骂、推搡，反令学生敬畏。她久久直视着两个孩子，掩不住的怜惜，让她出口的话，倒像母亲训儿子："晓不晓得，你们是六亲不认啊。你的大爹，"校长用食指点点其中一个，"是老红军。"她又转过脸，点点另一个，"你的二舅，是老红军。"校长说着说着，眼眶就红了，"你的爹妈做工，他的爹妈务农，这又有什么不同？莫忘了，打断骨头连着筋，你们都是红军的后人。"突然，一个孩子开始抽泣，另一个忍不住，亦跟着哽咽起来。

两队人马，仿佛一夜懂事，就此偃旗息鼓。农民妈妈炒的蚕豆，匀你吃；工人爸爸做的铁环，让他耍。桃子、李子熟了，约厂里的同学去；周末看戏、看电影，邀乡下的同学来。呼朋引类，互为知己，直至毕业。

其实，我本就知道，周围不少人家都跟红军沾亲带故。厂里就有"老革命"数人，只是不曾觉出他们的特殊。后来听说，校长的大哥亦是红军。这才明白，她是有爱憎的，所以能将话说出那样的急，说出那样的痛。

十三岁，我考进达县第一中学初中部，全县小学拔尖五十名。高中部设班四个，遴选全专区十一县的初中考生。这所中学，1906年创办，曾走出不少名将。开学那日，大开眼界，同班有三男一女是红军子弟，四人均着改裁合身的老式军装，洒脱又有礼貌，聪明而无戾气。

达县建城一千九百多年，乃地委、专署所在地，盖有两处红军干休所，接收回归故土的老人。军队下来的，住西郊永红村；地方下来的，住城内红星村。每家一幢方方正正的西式平房，房前屋后，遍植花草、果树。五十多年前,万山丛中一座小小古城,竟能有官方与民间的共识,对这些九死一生的功臣,反哺多少亦不为过。良善涌动,实在是血脉相承,便有民风的淳朴、慷慨与高贵,氤氲出老区的人世美好。

我跟高我两个年级的谢姓同学交好,成为红星村的常客。头一次去时,便很惊诧,他爸爸,以及满院的叔叔,说的都是巴山话;而他妈妈,甚至满院的阿姨,操着一口外省腔。俗语道,一方水土养一方人。大巴山的水土,怕是天下少有,山高水长,盛产红军好儿郎。谢同学母亲是河北人,爱包饺子。当然这算不上阿姨的优点,她的优点是喜欢让我陪吃。而我的优点,则是善解人意。去得多了,便生出庆幸之心,叔叔们转战南北,功勋卓著,他们没有错过英雄美人的浪漫,实在是天地有情、功德圆满了。

中学第二年,一个秋雨天,在小城新华书店,我随手翻开一本诗集。那时买书,已学到一点路数,先读序言。序言作者严辰,后来知道,严诗人乃现代文学史上的诗坛名流。他在序里推荐大巴山,非常抒情,让人有飘起来的轻盈;又非常写实,让人有沉下来的饱满。字里行间,散发一种不曾有过的诱惑。我毫不犹豫,掏出五角八分,携书而回。此书小小开本,文字不多,价钱不低,能抵我住校三日的饭钱。

诗集在手,自是亲近,最喜书名《山泉集》。“在山泉水清,出山泉水洁。细流入大江,大江喷白雪。”一个“喷”字,好生了得,全是川陕苏区的朗朗乾坤,全是红军战士的壮志凌云。不少诗篇的末尾,标注着完稿之地:通江、南江、巴中、平昌、宣汉、达县……通通是大巴山里的县名。我去过的不说,没走到的地方,亦无不耳熟能详。一份熟悉、一份感动、一份亲切、一份温暖,叫人只觉这书好,且好到无边无际。

不到两百页的薄薄诗集,一时成我枕边书。生我养我的故乡,见惯不惊的老兵,第一回在《山泉集》的诗行中,在活蹦乱跳的文字里,给人新异的感觉。每个词语、每行句子,带出浓浓乡音。那些毫不陌生的风物、人情,迎面而来,重新回味,陷人于春阳灿灿的喜悦。

不可思议,人居然可以这样容易被左右。《山泉集》像一位令人信赖的老师,领着学生去走更多的路,读更多的书。我本少不更事,又明知与功课无关,却偏偏想弄明白,大巴山的红军,先从哪里来,后上哪里去?老苏区的百姓,历经怎样的苦难,有过怎样的觉醒?

二十世纪三十年代初,天下大乱。工农红军第四方面军,选定三省接壤的大别山创建鄂豫皖苏区。可惜立足未稳,数度遭遇围剿,兵败西撤,辗转千里。出人意料,生死一发之际,剑指大巴山,四方面军竟获峰回路转。土豪打了,田地分了,政权建得威武,买马招兵亦霸气。单说后一项,原先的万余人马,雪球般滚出十万之众。山里山外,瓦房、茅屋的门上,皆堂堂正正,贴上恢宏的对联:“斧头劈开新世界,镰刀割断旧乾坤。”问世仅年余的川陕苏区,异军突起,令四海瞩目。自古以来,天下起事,都像干柴烈火。然此地迅猛,又如火上浇油,燃烧出石破天惊。

大巴山穷乡僻壤，为何就是红军的福地？又拿什么来答惑释疑？其实用风水可以，用科学可以，用道理可以，若用事实更可以，只因事实牢靠。

一个社会，万不可把人搞到万念俱灰的地步。九十多年前，四川、陕西两省交界处的闭塞穷困，实难用言语形容。总之，民不聊生到了极致，百姓既无生之快乐，亦无死之畏惧。远处哪怕惊雷滚滚，传进山来，如风飘过，无痛无痒，至多留下几句闲言碎语。即或是家族间的红白大事，亦只在周边传扬，远不出前山几条河，高不过后山几面坡。难怪红军到来，只消几袋旱烟工夫，讲一番打土豪的道理，即可群情激奋；喊几句分田地的口号，便能谷应山鸣。

又有众多石匠站出来，他们手艺好，愿意为红军效劳。当义士们的身影腾跃起来，大山里凡具规模的崖壁上，皆回荡开“土地革命”“扩大红军”的呐喊声。《劳动法令》《十大政纲》，錾上不少场镇的巨石，这多半是粗通文墨的雕刻师傅辛苦十天半月的杰作。就是这些刻上石头、刻进人心的千金一诺，脱离文字本身的无色无味，让识字或不识字的山民，荡漾起吃饱穿暖的希望。川陕根据地的石刻宣传，系传播形式之一种，表面看并无创意，但就鼓舞自家士气、瓦解敌方斗志而言，艺术构思的气派，除旧布新的决绝，堪称全国苏区之最。

《山泉集》里，从南江县到通江县，穿越峡谷关隘的古道两旁，山岩上的革命口号，将几百里石板路，铺陈出一条红色走廊。石刻标语“赤化全川”，最为著名。一座峻岭悬崖之上，硕大、工整、遒劲的书法，云雾消退时，沟外数十里，可一睹真容。

川中多阴多雾，山区潮湿更甚，故有蜀犬吠日的俗话。然苏区老乡心里，天天是云开雾散大晴天。白日上坡，去新近分配的田地里劳动，晚上举着火把，远远近近，凑拢座座院落。东屋的男人抽烟、识字，西屋的女人纳鞋、唱歌，一天天无忧无愁，别致如游戏。别轻看这样太平无事的快活，实在算得顶级的歌舞升平。

谁料好景不长，忽一日，红军要出发。并未听说有仗要打，队伍为啥要走呢？大人慌起来，细娃哭起来。有见识的老人却说，红军横竖都是有章法的，一跺脚就走，必有缘由。三年前进山，不也没得一丝风声嘛。

没着没落中，许多人山前山后通通气，竟打着同一个主意，索性跟着队伍，当红军去啊。《山泉集》里，登高一呼，应者云集，便是"扩大红军"的生动写照。说到这里，似乎有些绕不过去，捎带一点我们家族的往事吧。故乡渠县赵家坪，一时间，是否跟着红军走，成为每家的话题。终于有一天，水落石出，有人经父母同意，有人悄然离家，一下走了三四十个，好似个个都不甘，要完成从凡人到豪杰的蜕变。我的三爹和五爹，在一个夜里，兄弟牵手，双双随红军而去。

《山泉集》中的《望红台》，是描写亲人走后，苏区父母妻小、兄弟姊妹的思念之曲。从前奏到尾声，杜鹃啼血，全是牵挂和祝福："红军的人马哟，你哪年回乡？你几时转来？"

许多年前，曾读过老作家曹靖华的散文，今已忘掉标题，里边一节内容仍旧记得。文中拟乡亲相问,仿红军作答。一位红军战士不忍问者失望,口齿间生出宽慰的豪气:很快回来,三五年吧。这个"三五年",便成了老区民众念兹在兹的思念。先以为是三年,三年到了,不见红军;又以为是五年,五年到了,仍不见红军;再以为是三年加上五年,八年到了,依旧不见红军。但人们坚信红军的许诺,始终不放弃"三"与"五"的组合。又用三年乘以五年的等待,十五个年头过去,红军回来了。

凯旋的军队当然不是驻扎当地的原班人马。岁月不甚太平,还得熬过世道初变的春风秋雨,但民间的"莲花落"已带出喜色,扬眉吐气是肯定的了。

又过了两年。这一天,赵家坪老家的院坝里,锣鼓喧天,里三层外三层围满了人。回乡探亲的老红军,我五爹赵佛山回来了。五爹随行数人,并偕我五妈张林芝,军中文化教员,说一口脆生生的承德话。而我的三爹赵荣山,则已牺牲在战场。前山后岭当红军走的,有名有姓数十人,时至今日,除了我五爹,个个杳无音信。五爹命大,雪山草地,西路军,抗日战争,解放战争,抗美援朝,很多场败仗,很多场胜仗。五爹面相好,集善良、正派、聪慧、坚毅于一体,有形有样的军装,增添逼人的英气。警卫员挎着相机,来回帮我们家人和乡亲照相。时年我两岁,对五爹省亲一幕,本无任何记忆,但手头存有的几张留影,可以还原当时的盛况。如今,我的上一辈亲人,叔叔、婶婶,生父、生母,养父、养母,先后全都离世,这些老旧照片,似乎传来欢声笑语,成为隔世沧桑的物证。

三爹已永远不能回家。奶奶朝着北边，他当年走去的方向，独自遥祭，大哭几场。五爹在家半月，奶奶总是抓住他的手，又常会笑出声来。我爷爷则内向，讷口少言，几十年苦难，几乎天天连着身家性命，使他顾不过来，荒废了很多张嘴的机会。但他讲过一句话，老少都有记忆："我家五儿还在，就算老天开眼。"

那年红军走后，一切的好，一切的坏，全都翻转重来。凡当了红军的家庭，都获得一顶"匪属"帽子。我家一气儿走了两人，自是双料"匪属"，遂备受凌辱，变得谁都可以欺负。又过了些年，日本人打来，前线战事吃紧，后方"官僚"紧张。兵荒马乱中，我生父赵志康被抓壮丁，送到云南，成为远征军中亡命人。先去印度，飞机失事，侥幸活命。后在中缅边境，爬出死人堆，用数十天的昼伏夜出，将几个省的路，一步步丈量过来。在一个太阳出山的早晨，走回赵家坪，走进奶奶正为他祈祷的堂屋。

1949年之后，因三爹和五爹，我家墙上挂上"光荣烈属""光荣军属"两块匾。奶奶格外看重匾牌的洁净，三天两头，总会叫人取下来。老人家拿在手里，轻摸细看，有时喃喃自语，又让人无从听清。在奶奶眼里，这是护身符呢，护卫全家，又重点庇佑她"历史复杂"的幺儿。她的幺儿就是我的生父。我两岁抱养给我姑，离开老家，此后一直叫生父为幺爹。两块匾牌也真是仁义，没有辜负奶奶的愿望，让她幺儿一生福禄平平，但多子多寿，历经社会巨变，却有惊无险，年逾九旬，无疾而终。

屈指算算，一本《山泉集》，到手五十五年，始终跟着我，或者说，我始终跟着它。搬家十数回,仍盘踞书橱显要处。有一天,闲来乱翻,又打开这本书。从里到外的黄,泛出岁月悠悠,让人心头一动:去趟重庆吧,拜望它真正的主人。

《山泉集》的作者梁上泉,与我有三十多年交往,但这回距上次相见,已隔十年上下,真不觉得这么久呢。而今人们碰杯,总爱感叹"日子太快"。当我走进重庆南岸区滨河公寓梁宅,见到的老朋友,全然没有八十八岁的老态。川音龙门阵,摆谈出往事件件。老汉思维敏捷,只是耳朵稍背,说到快乐处,仍是朗声大笑,让人跟着高兴。在山城的街道上,领我上坡下坡,看我喘气不匀,安慰道:"你没事哈,常来重庆逛逛街,就惯了。"接着又粲然一笑,笑出个孩子模样,"你不觉得重庆人一身肌肉,大胖子少吗?"

并非重庆人的梁上泉,祖籍达县碑庙,十九岁成为部队专业创作员,当过全国人大代表,现为重庆市专职作家。亲属中多人参加红军,无一活着回来。从省事开始,大巴山便被他认定为梦绕情牵的故土。可以说,梁上泉的创作,从川陕苏区起家,亦从川陕苏区扬名。《山泉集》之外,我后来又买到他的《红云崖》,同样是讴歌革命老区的名篇,壮怀激烈,弥漫史诗大气象。

握手梁夫人蒲心玉,热情、周到如昨。一样样亲点菜单,保姆应命而去,灶间很快传出案板的欢唱。大姐典型的巴山妹子,达县城内长大,从小能歌善舞,重庆歌舞团招牌演员。而今八十五岁高龄,仍时时活跃荧屏。一部百集连续剧播过之后,饰演主角的大姐,成为山城名人"周幺婶"。如果出门办事,必须口罩掩面,否则街头碰上签名、合影,往往会令正事泡汤。

二老的儿子梁芒,舞文弄墨深受父亲影响,在年轻人眼中,又俨然比他父亲更有影响。诗人、音乐人、作词人,多种名号在身,如今誉满京城。1983年夏天奇热,梁上泉领着少年梁芒,从东北边境采风返渝,在天津逗留两天。我迎回家中,熬出一锅绿豆稀饭,用花椒油浇上一盘泡菜、一盘涪陵榨菜丝。这是老家流行的夏食,土气,但口惠又实在。蝙蝠牌电扇吹出习习凉风,身穿跨栏背心的梁上泉,边吃边与我聊天,而俊秀的梁芒不言不语,埋头吃饭,待搁下筷子,连呼三声“安逸”。

这回在重庆,我问梁上泉:“你的《山泉集》与你的名字有关系吗?”他一摇头一摆手:“凑巧而已。”如此心态,看着洒脱,做起来难。不少成功作家的创作谈,挖空心思,编造各种由头,将渊源之类的索引,搞到天花乱坠,而梁上泉概无兴趣。诗人的直朴,已经多年,竟一直延续到今天。

无独有偶,纠缠般热爱老苏区的巴山籍作家,还有一位,是我结识三十多年的王敦贤。敦贤仅长我两岁,工龄却长我十年,在南江县一个叫下两河口的乡场上,小学毕业,被招入县川剧团当艺徒。从业余爱诗到专业创作,直到一级作家,四川省作家协会秘书长、副主席,中国作家协会全委会委员。著书、编书数十种,拳拳心意,全在川陕根据地。他的文名自然不小,但又以另一种“身体写作”见长。他有他的盘算,一个人的笔墨终归有限,不妨邀约更多文朋诗友进山,让他们五彩缤纷的感觉,交会各自的生花妙笔。几十年来,这几乎成为一种人生“工程”,让王敦贤亢奋不已。

南江县桃园一带,海拔两千米以上,山险林密。我上桃园两回,都是听令王敦贤的召唤。第一回,二十世纪八十年代中期一个秋天。山下尚单衣,山上已飘雪,我们见到了巴山民兵队队长。红军北上,民兵队五年坚持,弹尽粮绝,归于流散,却留下无数传说。就像山歌传唱:“金梭银梭金银梭,红军走后故事多。”队长带我们登上当年激战的河谷,摸进夜里栖身的岩洞。老人家说话简洁,腿脚硬朗,唯晚上应请与我们吃南江黄羊时,甚是拘礼,不肯落筷。我们越是帮他搛肉,他越加推辞,甚而脸红。

那次上山,同行有甘肃高平、湖北丁少颖和省内梁上泉、何永康及省作协一干领导。之后王敦贤又将马识途、周克芹、吉狄马加诸多文人带进山中。时隔二十年,新世纪初,一个夏天,再上桃园,正是避暑好季节。原先大嚼黄羊肉的队部周围,已成街市,家家客栈、足疗店排列两旁。多处革命“遗迹”,近年打造出来,做旧手艺逼真,令纷至沓来的访客激动不已。民兵队长已谢世,导游姑娘口齿伶俐的解说,“重现”苏区当年,头头是道,反令人心生恍惚。

这回仍有梁上泉、高平,而蒋子龙、吴泰昌、舒婷、陈世旭、李霁宇等人,均属初来乍到,亦都真心诚意,盛赞此地优于别处,“红色”与“绿色”好生了得,值得大书特书。

去年去成都看望王敦贤,再次享受他夫人张秀龙的厨艺。秀龙厚道,二十多年前来天津,我请她下过馆子,此后见一次她念一次,而她做的饭菜,我不知吃过多少回。秀龙贤惠,王敦贤每次进山,家里老老小小，琐碎诸事，就靠她一人照应。秀龙温婉，知书达礼，人见人敬。

这天饭后喝茶，我问王敦贤，几十年来，全国有多少写作人，被你“拐”进大巴山？他快乐一笑：“我逐次都有记载，数字很壮观呢。”

梁上泉有《放筏》一诗，其中几句，我早已倒背如流：

天色没有山色青，
山色没有水色深。
水色泛起一抹银，
中流划来放筏人。

大巴山，连绵起伏，广阔无边。大小江河众多，便有无数放筏的水手。这些人身手不凡，激流险滩，如履平地。在山民眼中，个个英雄，唱山山应答，吼水水倒流。水手嘴里的放筏号子，唱出他们自家的种种喜乐，般般哀怨，亦唱出山里人的排遣、抒怀与寄托。回想几十年，梁上泉、王敦贤与我时近时远，但读他们写的书，想他们做的事，文如其人，人如其文，威武、豪迈、正派、无私，始终就是我心目中的“放筏”高手。他们竭尽全力，将人生智慧悉数付出，且以二人有同有异的方式，用深情的号子咏唱心中的至爱。“出口成章惊太阳，太阳徘徊不愿走。首首随水入大海，化作飞云又回头。”梁上泉的诗，水墨丹青，就好似他们二位的画像。

在梁上泉、王敦贤看来，生逢其时的这个现实世界，庞杂、斑驳，变幻莫测，但在苏区后人的内心世界里，不可以忘记从前的大巴山，不可以忘记人民的老红军。两人几乎养成同一个习惯，七十岁之前的几十年，每年必定离开家居的重庆、成都，三趟两趟地“钻”回巴山深处，重温饥一顿饱一顿、热一阵冷一阵的感知。他们爱看的树叫青杠，爱听的鸟叫阳雀，爱喝的酒叫苞谷醇，爱摘的花叫映山红。而他们喜欢结交的伙计，便是放筏人。他们掂量自己，尚有笔墨的优势，尚有经历的优势，亦尚有心愿的优势，就得竭尽所能，在时下与当年之间，搭建用料诚实的桥梁，供人们放心通达。生于老区的文化人，如果丢弃这份心肠，丧失这份本分，只顾安享都市，那就纵然住有舒适、食有可口，无非酒囊饭袋，亦等于一贫如洗。

二位行者，进山下乡，不是上峰的交办，不是金钱的驱使，不要行吟诗人的浪漫，不含套取素材的功利。他们难以割舍的，正是一代忠臣良将的家国情怀。

于我个人而言，实为幸运，得他们耳提面命的引路，一年年、一步步走进苏区腹地，触碰其脉搏，领略其精魂，便多了些明白，少了些糊涂。山野静寂，能听见前辈的呐喊，呐喊怆然，似有种种不甘；江河奔腾，让人感悟岁月的流逝，流逝沧桑，仿佛无尽悲欣。依我自身体会，如此“回归”，灵验无比。现实得以小别，虚幻聊作解脱，登高必可望远，神闲就能气定。有梁上泉、王敦贤在前，我巴望有生之年，继续东施效颦，在立国安邦的高山大川之间，知晓一点点沉稳，再陶冶一点点豁达。

此刻，我在北国，遥祝上泉、敦贤天天快乐，身体安康。晚年的宁静属于你们，而“放筏人”的劳作，应该交棒了。放心吧，二位老哥，你们经年不息的呼号，早已荡起大巴山的回音。后生可喜，编织继往开来新故事，自有更高远的境界、更青春的人。

原载《广州文艺》2020年第3期

《散文海外版》2020年第4期选载

刘仁前

民间的情感

煮干丝

写下这样的题目,似乎有点儿不合时宜。为何也?现在作这类文章,几乎无一例外,在前面都要加一个“大”字。这“大煮干丝”似乎才够分量,够气派。可,这与我的喜好,与我的出发点,皆相左。窃以为,煮干丝,才是事物本来之面貌。“大”,无疑带有个人感情色彩。而有些“大”则显得别有用心,甚至居心叵测。经过“文革”十年者,大多有此体会。

煮干丝,在清乾隆年间有个颇雅的名号,“九丝汤”。顾名思义,就是九种食材切成丝,做成的汤。哪九种食材?火腿、竹笋、口蘑、木耳、银鱼、紫菜、蛋皮、鸡肉,这八种食材切成“八丝”,再加一丝:干丝。这不正好“九丝”也。也不绝对,讲究一些的,也有加海参丝,抑或燕窝丝的。估计寻常百姓,没有如此讲究的。海参、燕窝这类富贵之物,多为达官贵人、巨商富贾所青睐,普通百姓无福消受矣。

提及煮干丝，不论你承不承认，服不服气，当首推“扬州煮干丝”。扬州煮干丝，与镇江肴肉一样盛名天下。有晚清词人黄鼎铭的一首《望江南》词为证：

扬州好，
茶社客堪邀。
加料干丝堆细缕，
熟铜烟袋卧长苗，
烧酒水晶肴。

词中虽没点明，但写到了扬州干丝和镇江肴肉。

而前文所言“九丝汤”，正是乾隆皇帝南巡到扬州时，地方官员用来宠媚皇上的一道菜品。如今早已进入寻常百姓的餐桌，为黎民百姓所享用矣。只不过，现在的煮干丝，不再繁至九丝，多以干丝、鸡丝、火腿丝，加鸡汤煨煮，讲究的再添加木耳、竹笋、青菜头之类配料。不论配料多寡，其主角仍然是干丝。因而，厨师在操作这道菜品时，对干丝的切制，是极为考究的。

有美食家之誉的汪曾祺先生曾专门为“干丝”著文，介绍说——

一种特制的豆腐干，较大而方，用薄刃快刀片成薄片，再切为细丝，这便是干丝。讲究一块豆腐干要片十六片，切丝细如马尾，一根不断。

汪先生寥寥数语将干丝切制之要领交代清楚，这当中点出了干丝原料之重要，“一种特制的豆腐干”。这是大有讲究的。普通豆腐干，质地偏松，密度不够。切丝时，因含水量偏高，难出精丝，再加之偶有气孔，会导致丝断。如此，普通豆腐干便不可取也，唯有“特制”。这种特制豆腐干，多用本地黄豆，经磨浆、点卤、压制等多道工序加工而成。因知道为制作干丝之专用，较普通豆腐干，压制要紧，密度要高，韧性要好。

接下来才能谈“切功”。用刀讲究的师傅，都有两把刀，一大一小，一厚一薄。大刀在两处派上用场，一是削平豆腐干的边皮，二是片好豆腐干，最后切丝。小刀，即汪老文中的“薄刃快刀”，专用于片出薄片。有种说法“薄如纸，细如丝”，不免夸张，但薄到用火柴点着，这实在令人叹服。有种龙须面，丝细可燃。那还好说，面食可燃性是有的。然这豆制品，加工之后可燃，实难。然对自身要求高的厨师，确实做到了这一点。这样用刀精的师傅，片豆腐干时，其刀在手中欢快地行走，动作迅疾，层层翻飞，不作丝毫停顿。瞬间换上大刀，只听得案板“笃笃笃”响个不停，不见刀的移动。不一会儿，一方“大而方”的豆腐干，变成了一堆豆腐丝，呈现在案板之上。细嗅一下，干丝中还飘浮着一缕淡淡的豆香呢。这里有个细节，汪老文中言及，“一块豆腐干要片十六片”，应该说很不易也。然，这十六片，尚未达到我们地方上出台的干丝制作相关标准呢！

在我们地方上,若标以“××干丝”之名,一块豆腐干则须片出二十片,比汪老所说的十六片多出了“四片”。这样看来,二十片倒成了基本要求。在我们这些外行看来,“难于上青天”的事情,到了“业精于勤”的师傅们手中,则易如反掌也。事实还正是如此,因为更精到的厨师,可片出三十六片,那一块豆腐干,被他把玩于股掌之中,真的是游刃有余矣。

至此,到了煮干丝“煮”的这道工序。煮,讲究用高汤。多半用鸡汤,且为去油后的头道清汤。如今养殖业发展颇快,规模化养殖,颗粒饲料喂养,这样养殖出来的鸡终不及当地散养的土鸡。汪曾祺先生在谈及煮干丝的“汤”时这样说:“煮干丝则不妨浓厚。但也不能搁螃蟹、蛤蜊、海蛎子、蛏,那样就是喧宾夺主,吃不出干丝的味了。”这是很有见地的行家之言。这与高汤的要求是吻合的,但汪老也给出了高汤的底线,并不是所有起鲜的东西都能入汤。如若弄得连一点儿干丝味都没有了,那还能叫煮干丝吗?有朋友说,因这煮干丝需要“大汤”煮制,故而称作“大煮干丝”。这说法,显然是走的老相声艺术家马三立的路子,“逗你玩”。

汪文在最后又强调了一次,“煮干丝不厌浓厚”。足见汪先生对“汤”的重视。然,汪先生没有讲,“煮干丝”为什么“不厌浓厚”。其实,这跟干丝是豆制品有关。这豆制品自身味薄得很,且易吸油脂,不惧油腻,汤汁浓厚则味高,汤汁稀薄则味寡。

与煮干丝同出一门的,还有一道烫干丝。

如果煮干丝可以看作干丝的豪华版、升级版,那么这烫干丝,似乎可以视为简装版、基本版。我这样说,并不等于这烫干丝没有一点儿技术含量。非也。

顾名思义,烫干丝,烫干丝,第一讲究,就是个“烫”字。虽然说,无论煮干丝,还是烫干丝,都要“烫”过三次,但两者还是有差别的。烫干丝,在“提碱”过后要“收水”,否则干丝吃着会有水腥气。有水腥气,食用者的味觉便被一下子破坏掉了。原有的“五味”荡然无存也。

这在煮干丝,矛盾就不会如此尖锐。毕竟煮干丝最后一道是高汤煮制,收水自然没有烫干丝来得重要。两者一样重要的是提碱,均讲究时间控制,以干丝呈软滑之状为佳,时间短不得,也长不得。

而收水,对烫干丝来说,是在提碱之后,装盘之前。滗去碱水的干丝,最后一道“烫”在老师傅那里,讲究的是一气呵成。老师傅一手执开水壶,一手给加入生姜丝的干丝收水,那滚水透过老师傅的手指,冲烫干丝,老师傅边烫边收,最终将这盘烫干丝收成一个馒头状。

这时,烫干丝另一讲究便来了,那就是“卤汁”。这卤汁,看上去色泽有如老抽,呈酱红色。如果你真的以为是老抽,那就错也。这卤汁,是选用几种品牌的酱油,加入香叶、桂皮、八角、胡萝卜、芹菜、香菇等原料用小火熬制而成。烫干丝在烫、收完成之后,临上餐桌之前,最后一道工序,便是撒上芫荽、海米、花生米、肴肉丝之类配料,浇上热乎、黏稠、香甜的卤汁。

细心的师傅会将这份烫干丝置于洁白的瓷具之中，送给客人品尝之前，配上几丝红椒、几丝绿蒜，和之前嫩黄的生姜丝、乳白的干丝、酱红的卤汁，构成五色，与烫干丝所蕴藏的咸、甜、鲜、香、辣五味相呼应。

如此一盘烫干丝送到你面前，你说，忍心拒绝吗？

原载《中国作家》2020年第5期

《散文海外版》2020年第7期选载

马语

千年河山，风卷云未散

一

登临杨家城，风正大，荒草在风中起伏翻滚。

日暮时分，古城的头顶，浮云连片。

站在古麟州城“打井畔”的危崖边举目西望，在滔滔的窟野河西，一轮血红的落日正悬挂于无边大漠之上。转身之际，万里长城从西南逶迤而来，横穿古城遗址，而后向东北蜿蜒而去。长城内丘陵如涛，长城外沙海连绵，一望无际。这是否是当年范仲淹在此看到过的重峦叠嶂、大漠孤烟与羌山落日？这翻卷、涌动的还是不是当年的浮云与长风？

这是春初的日子，行走在古城遍布残砖碎瓦的基址上，眼前是枯黑的、文彦博曾写过的“白草”，这位北宋政治家曾作《忆红楼》，诗云：“曾见兵锋逾白草，偶题诗句在红楼。”然而我却感觉到脚下“五原”有什么在潜滋暗长。在杨家城遗址的东南一角，一棵古柏分五杈而长，状若手掌，枝叶荫翳如盖。树下石碑上书：“杨业手植柏”。相传杨业离开故里赴中原征战时亲手植了这棵树，以寓“根留麟州，树在人安”。

昔人已去，此地空余参天古柏，立于这千年河山之上，在晨光夕照中用它的苍劲绿意书写着不朽青史。

二

杨家将妇孺皆知，举世闻名。

他们的故里在哪里呢？在古麟州，今神木。

司马光的《资治通鉴》、欧阳修的《供备库副使杨君墓志铭》、曾巩的《隆平集》都有明确记载。夏征农先生主编的新版《辞海》里，与杨家将有关的词语至少达十一条，并反复指明：杨业“世为麟州(治今陕西神木北)土豪”。在这几年间，陕西省考古研究院对麟州古城遗址进行了新的调查与勘探，采集文物标本一百三十二件，发现各类遗迹九十五处，逐步搞清了威震边关的“杨家将”驻军古城址的轮廓：麟州城位于神木城北十余公里的杨家城山上，西濒窟野河，北邻草地沟，东连官地峁，南接麻堰沟，依山势修筑，呈现出不规则的长条形，东西长一点四公里，南北宽零点八公里，面积约一点一二平方公里。城周长约五点四公里，分为东城、西城和紫锦城，形成三个既互相联系，又相对独立的小城。城址除修筑的城墙外，大多临着一二百米的天然悬崖、沟壑和窟野河。

2007年深秋季节，首届中国杨家将历史文化研讨会(简称“杨研会”)在神木举行，五十多位来自全国高等院校、科研院所的知名专家学者，对杨业的籍贯问题展开了热烈研讨，结论几乎没有争议:“杨业是麟州新秦(今陕西神木)人。陕西神木是杨家将故里,是杨家将文化的源头。”陕西师范大学教授李裕民长期研究杨家将历史文化,新近又写就《杨业籍贯神木新证》,就此提出更新的论断。最近,宋史学者何冠环博士告诉我,又发现两份杨畋夫妻墓志的拓本,并寄给我拓片的复印件。墓志出土于河南洛阳,这是极其重要的发现。

第一件:皇祐三年(1051)杨畋亲自为亡妻陶氏写的墓志铭。墓志第一行六个字:“亡妻陶氏墓铭”。第二行五个字:“新秦杨畋撰”。杨畋是杨家人,他写墓志的这一年距杨业去世六十五年,仍自称其籍贯为“新秦”,可证明神木是杨业出生地和杨氏后人的居住地。这也是目前所见有关杨家将故里为“新秦”最早、最可信的证据。

第二件:嘉祐七年(1062),王陶为杨畋写的墓志铭。第五行内容为:“公讳畋,字乐道,姓杨氏,其先麟州新秦人。伯曾祖云州观察史业,曾祖保静军节度使重勋,伯祖莫州防御使延昭。忠勇功烈,著在国史。”王陶(1020—1080)《宋史》卷三二九有传,他当过翰林学士,是北宋有名的文人。墓志明确说杨畋“其先麟州新秦人”。他的伯曾祖是杨业,曾祖是杨重勋,伯祖是杨延昭,一个“先”字表明杨畋、杨业、杨重勋、杨延昭都是麟州新秦人。

三

从考古资料里,我还翻到了一座“小杨城”,它位于今天神木县南部山区沙峁镇菜园沟村的山头上，是杨业的父亲杨信成为地方豪强之前的老家。杨家儿男从这“僻壤”走出，经历“初微”，逐步发展到“以战射为俗”，后来雄起于“番汉杂居”的麟州，自己担任了刺史(见《资治通鉴》)。

到了宋代，北朝和西夏对立，麟州更成为兵家必争之地，一直战事不断，北宋朝廷曾想放弃这片地区。重臣欧阳修上奏章曰：“其城堡坚定，地形高峻，乃天设之险，可守而不可攻。”并认为如果放弃则会丧失更多的土地，不如选一个当地土豪让他自己守卫。可见当时的麟州处于对抗西夏的最前线。在杨信、杨重勋、杨光三代镇守麟州、保境安民的时候，青年时期离开麟州的杨信的儿子杨业、孙子杨延昭也在抗辽前线英勇杀敌，为杨家将赢得“忠勇无敌”的称号。

我的故乡就在“小杨城”下不远的山坡上。上小学时，六福的爹在外面当干部，给他家买回来一台十四英寸黑白电视机，那年夏天电视里正演连续剧《杨家将》，我们一村的孩子每天早早从山里放羊打草回来，坐在六福家的石板院子里，紧张地盯着黑白屏幕上那厮杀中的故事。谁都不许出一声，生怕被六福他爷给赶出去，那是记忆中最好看的电视剧。

杨家城及杨家将的历史，正如电视剧里的画面。宋朝初年，北方大地群马飞奔，“杨”字战旗在千里边关线上猎猎招展。太平兴国五年(980)，杨业归降北宋的第二年，契丹辽景宗耶律贤率十万大军南犯雁门关，而杨业手下仅数千骑兵，总共一两万人马。

这仗，怎么打呢？

不能力战就智取。杨业率数百精锐骑兵，由小径绕至雁门北口到达契丹背后，南向与潘美的部队合击大败辽军，杀死辽朝的驸马侍中萧多李，俘虏辽朝的大将李重海。

雁门关大捷之后，号称“杨无敌”的杨业威名远播，成为杨家将的第一号领军人物，骁勇善战，让辽军胆战心惊。只要一看到杨业的旗帜，辽军便落荒而逃。两年以后，契丹再次派兵三万进攻雁门关，杨业与潘美再次击破来犯的辽军，杀敌三千，乘胜追击至辽国境内，破垒三十六，俘敌万人，牛马五万。

杨业屡立大功，受到宋太宗皇帝的青睐与朝廷的奖赏，也引起某些人的妒忌。《续资治通鉴长编》载：“主将戍边者多嫉之，或潜上谤书，斥言其短。”这个“主将”很可能指潘美。宋太宗在这件事上很有心机，“上皆不问，封其书付业”——他看都不看，把信原封不动地转给杨业，一方面表示对杨业的信任；另一方面是暗示杨业，你的一举一动我都了如指掌。这也预示了杨业日后命丧陈家谷的命运。

小时候在“小杨城”山下菜园沟看庙会戏，看到杨业是撞李陵碑而死，几乎记不起那壮烈、苍凉的一幕，但戏的结局清楚地记得。史书中这样写：宋太宗对夺回燕云十六州念念不忘，便在雍熙三年(986)发动北伐。他派三路大军进攻辽军，潘美和杨业这一路连克云、应、寰、朔四州。而曹彬率领的东路军败绩，宋太宗下令全军撤回，并要潘杨二人将四州的百姓护送出境。撤军之际，监军王侁激杨业出战。杨业只得率部与敌军交锋,契丹边打边退,想引宋军入埋伏圈。杨业虽知是计却不能后退,此战结束时,契丹已将宋军团团围住。杨业寡不敌众,拼命突围,从日中打到日暮,终于退到陈家谷口,却发现连半个接应的宋兵都没有。原来两军开战之后,王侁派人登高瞭望,看不到契丹军队,便以为杨业得胜。潘美等人为了争战功率先带领部队离开了,进军二十里后听说杨业战败,竟然下令全军撤回了代州。杨业见大势已去,抚胸大哭,对士兵们说:“你们各有父母妻子,与我一起战死不值得,可以突围去报告天子。”而他手下无一人撤离,都发誓要和将军一起,以死报国。

杨业和他的儿子杨延玉一起战败, 他被契丹大将耶律奚底射中马匹坠马被俘。辽将耶律斜轸劝他投降,杨业叹息说:“皇上对我恩重如山,委以抗敌守边的重任。没想到今日反被奸臣迫害,逼令赴死,致使王师败绩。我今天被俘虏,还有什么脸面活着呢?”他绝食三天,含恨而死。

杨家将的故里麟州,也历经战乱烽火。

北宋庆历初年(1041),西夏李元昊率众数万,围城日久,导致麟州城里二万军民缺水,甚至到了“黄金一两,易水一杯”的地步。守城将领率人在城西屈野河(今窟野河)边高崖的顶上,不舍昼夜地凿了两口深达河底的井。现在井虽然淤积了,但井口的凿痕仍然清晰。

杨将军祠建在古城遗址高陡的山头上,这里风更凛冽,能望见远处群山岭上飞过的寒鸦,一山鸟飞绝。从上百级青石台阶拾级而上来到杨将军祠前,见祠堂内有正殿三间,两厢六楹,是座四合方院格局。正殿门上刻有“铁马金戈志在燕云万里驱驰号无敌,伟业丰功肇于麟府千秋忠烈誉满门”的长联。里面塑有杨信及他的儿子杨业、杨重勋的金身塑像,两边的墙壁绘有二十四幅杨家将事迹图,东西厢房分别刻有诗词书法和典籍中的史料。宋哲宗绍圣五年(1098),一位叫冯惟寅的文人撰写了将军庙碑文:“郡东北隅,旧有神庙,渺不知何年建。但有小碑,略言其神迹云:康定中,西人背和,且犯吾境,此现神物若指挥益兵状,西人大恐,黎明遁去。不纪建造月日,至今号为‘将军山’,是其事也。”证实杨家城当时饱经战乱。

《资治通鉴》里记述,唐德宗贞元年间,麟州两次被吐蕃攻陷,州城刺史郭子仪之孙郭锋殉职,麟州同时遭受“夷其城郭”的破坏(卷二三二、卷二三六)。进入宋朝后,麟州更无宁日。从宋太祖建隆二年(961)北汉入侵麟州,到宋仁宗嘉祐二年(1057)北宋和西夏交战,在近一个世纪的时间内,麟州四野烽烟不熄。

随着北宋的灭亡,麟州城连续多次陷落。

靖康元年(1126),辽被金灭,辽故将小鞠录攻破建宁寨,接着攻陷麟州,对麟州的杨氏户族,特别对杨家的祖庙坟茔毁迹砸碑,挖墓抛尸。宋建炎二年(1128),金人首次攻占麟州,统治麟州二十年之久。金熙宗皇统八年(1148),麟州城首次被西夏人攻破。大定十八年(1178),西夏人再次夺占了麟州。这期间有着怎样的杀戮与毁灭?

从考古工作者的资料里,我找到这样一些记述:“遗址上钱币遍撒，到处都有烧焦的建材木头。”“尸骨在烧焦的灰烬下，横竖交叉，且有断头、断臂的白骨……”可以推想，如果当时城里的居民有时间搬迁，估计他们连盆瓦都不舍，更不要说把钱币丢弃了。不遭遇战火，他们怎么会把死人乱埋于房院之中？

公元1227年，西夏亡于蒙古，立国一百九十年而告终。西夏灭亡后，夏州与麟州突然消失，再也没有出现在历史的版图上。只有杨家将的名字，在民间流传下来。

四

保境安邦，尽忠报国。杨家将的传说与故事，遍布民间。它的源头在哪里？在杨家将的故乡：古麟州，今神木。

正是这种文化的熏陶滋养，这片土地上才代有将才续写新篇。这里自宋代以后又出现了十几门武将世家：明代的张氏家族，以张锐(宣府参将)领头，其长子张坚做过大同镇总兵，张坚的长子张泗由世职任参将，五子张刚由世职任榆林卫指挥。张刚之子张斌，任高家堡参将，阵亡后赠都督，张斌之子做过三屯营副总兵……几代人共出了二十多位总兵、将才。在清道光年间，神木人武凤来、秦钟英连续两科武状元，赢得了“神木弓马甲天下”的美誉。

二十世纪三十年代，这里建立了红色革命根据地——神府苏区，从菜园沟山头上的王家庄开始，从几个人的特务队发展到两千人的独立师，成为创建根据地时的利剑和保卫红色政权的盾牌。这支英雄的部队最终汇入中国人民解放军，在抗日战争、解放战争中南征北战,屡建奇功,至今是一支铁甲劲旅。

“杨氏初微自河西”(见欧阳修文,指杨家将是在黄河以西麟州一带崛起)。笔者曾数次来到经过考据的菜园沟山头上的“小杨城”,那里是黄河西岸的山坡沟洼,村里村外到处都是成片成片的红枣林。严重的干旱使得山区的农田一片焦荒,大地赤贫千里,荒山秃梁寸草不生。唯有枣树这“铁秆庄稼”依然枝繁叶茂,绿透了村庄和山野,在婆娑虬曲的枝条上和万千绿叶间,缀满了青里泛红的灿灿果实;枣子染红了山水,把枝条压得趴在地上,有的已折断了。枣树不卑不亢,不择地势;浑身是宝,坚硬无比。你只能由衷地惊叹这生命的奇观。也许是历史的巧合,这里是杨家“初微”之地,也是“红三团”诞生的地方,眼前这枣树、柠条就是杨家将儿郎和由放羊娃成开国将军的王兆相的生命写照,是世代生活在此的神木人的写照!不夸张地说,神府地面几乎每家都为革命做出贡献,每个村庄都有英雄烈士。

从杨家城下来,踏上神木南乡,如涛群山与黄河一起奔流。辽远的大地之上,遍布着红色景点。贾家沟村的龙王庙上建起了“红源厅”,这里诞生了神府第一个农村党支部;马镇葛富村120师358旅的后勤基地旧址上建造了“抗日纪念馆”;天台山上建造了“刘志丹东渡纪念馆”,这里曾是红28军渡河东征的指挥部;沙峁镇王家庄曾是神府革命根据地的活动中心,“红三团”诞生在此,矗立着“永远的旗帜”的纪念碑。

神木历史曾演绎过无数辉煌篇章,现在因成为中国西部煤都而举世瞩目。

从二十世纪八十年代起，神府煤田便大规模地勘探开发，北部的大柳塔成为金三角。几乎是在一夜间，天南地北操着各种口音的人都来到了这里，进工棚，下矿井，神木成为榆林大开发的前沿阵地。窟野河边，一个瘦小的神木县，小巷子只能通过拉炭驴车，钟楼是整个县城的地标。县城街道南起油库路，北至新华书店，一条街道不足六百米长。短短数十年，这里便新村连片，高楼成林，长街几十里。

转战陕北时，党的领袖曾说过，将来革命成功了，一定要让陕北人民过上好日子。也许老天有眼，让神木变成了西部煤都，成为西煤东运、西电东送的重要源头，成了一块世人皆羡慕的富庶之地。抬头望向群山间，每隔几分钟，就有一列运煤列车开出。不论是革命的年代还是建设的年代，神府地区始终在为祖国无私地奉献着。

五

大煤田，总有一天会被挖完。疯狂采挖，污染环境，破坏生态，祸及子孙。“富了口袋，穷了脑袋，害了后代”的悲剧已经开始上演，从这座现代煤都街头走过的有识之士眼里闪现着忧郁之光。多年运筹，其时已至，其势已成，神木市委、市政府领导班子高瞻远瞩——他们把目光投向杨家城。成立杨家城保护建设领导小组和指挥部，由我的文友张凌云担任总指挥。三十多年在神木大半块乡镇土地上为民奔忙，日夜辛劳，又酷爱读写的张凌云兄，反复向我描述着杨家城未来的胜景。其实杨家城遗址公园已被描绘成图纸，正在破土，将建成全国著名文化旅游目的地，成为中国西部历史文化又一道炫目的风景线。遗址公园区东起泥河村东山，西至窟野河，南起石躉则，北至草垛山，总占地约二十平方公里，比旧神木县城大好几倍。

未来重登杨家城时，将是一幅有着何等震撼力的边地图景：

一座用夯土工艺修建、巍峨壮观的仿宋风格忠武门，屹立在入口处；城门上旌旗猎猎、战鼓擂动，城下兵将环列。以杨家将小说和千百年来民间传诵的故事为背景的杨家将人物石雕英雄广场，上千尊杨家将人物石雕栩栩如生地展现着杨家将雄踞边关的浩大场面，讲述着英雄们戍边的故事……武有杨家将演武练兵沙场，文有范仲淹、文彦博一代文豪们当年登高远眺和作词赋的"红楼"。

远远可以看到"烽火连天"。建设者计划在法律允许的范围内恢复已呈垮塌之状的长城烽火墩台，二十多座烽火台将在特定的时间里施放环保型烟火，白天狼烟四起，夜晚烽火连天，重现"长烟落日孤城闭"。

杨业是古代最著名的神木人，神木人都应以这位宋朝老乡做自己的榜样！将杨家将的故事雕琢成文化符号，为中国建一座爱国主义教育基地，弘扬杨家将忠勇爱国精神，也是杨氏后裔寻根祭祖的朝拜地。

原载《北京文学》2020年第5期

《散文海外版》2020年第7期选载

沈念

巴什拜上山喽

一群羊密密匝匝地走在乡间公路上。

旅游车减速停下,耐心等待给羊群让道。

羊的个头长得很接近,脑门白色,尾部肥大,毛色红棕,耳朵上方长出深深浅浅的两只羊角。也有些白羊混在队伍中,特别打眼,有的屁股上涂上了蓝色颜料,有的剪出一个大平头。那是牧民为了便于区分是谁家的羊。

骑在马上的一位"半克子"牧民挥动长鞭,像劈开一条河流,把羊群分成两半。羊一点也不慌张,迈着小碎步,呈人字形打开队伍的闸门。车重新发动,缓慢地从羊群中驶过,羊并不为身边经过的庞然大物所惊扰,互相摩挲着身体继续赶路。羊没有表情,抿着嘴,昂着头,看着前方。

我也从车窗外看到了,前方是连绵起伏的巴尔鲁克山。

第一次到新疆塔城, 文学家茅盾说她是中国西北的最后一个城市,从地图上丈量,她是离海最远的地方,而蒙古语的意思是"旱獭出没之地”。我在塔城最先听人说起的不是山,也不是消失不见的旱獭,而是叫巴什拜的羊。半小时前,原籍甘肃后在山东长大却嫁到塔城来的年轻女导游正编排着它们:“头戴小白帽, 身穿大红袍,尾巴分两半,好吃最难忘。”

巴尔鲁克山在塔城之南,与人们熟悉的北边“界山”——塔尔巴合台山遥遥相对。从大比例地图上看,它像“雄鸡”顶端弯曲向下的那片漂亮羽翎。全长一百一十公里的巴尔鲁克山脉,西南宽,东北窄,宽窄比例达五倍之多,像一把大扫帚,把帚尾扫向西北偏北的中哈边境。

“巴什拜！”羊群被甩在了车后,来自四面八方的漫游者,隔着玻璃欢快地唤着羊的名字。它们没有表情,也是用看不出情绪的表情和你告别。也许再次相见的时候,是在一张吵闹的餐桌上。食客不会记住一只具体的羊。

外面的阳光过于炫耀,它们心思涣散,或许听得不够真切——车的轰鸣像偶遇的蜂群嗡嗡嘤嘤,我们的呼唤掺杂其间,它们错以为是喊着一个人的名字。

没错, 巴什拜也是那位在巴尔鲁克山区裕民县吉他克乡出生的受人尊敬的哈萨克族男子的名字。成年后拿着父亲分给他的一百多头羊和一群马,倚仗一次偶然发现的成功交配,他成了巴尔鲁克山区的人生赢家。

有人说, 是山上那种一百多公斤重的野生盘羊误撞入了他家的羊圈,与哈萨克土羊交配后,生下的红棕色仙脸大尾羊。那些盘羊野性十足,抗御寒冻的能力特别强悍,即使零下四十摄氏度,照旧在雪地上自由行走觅食,杂交的后代也是骨骼强健、抵抗力强。也有人说,是勤快好学的巴什拜在草原上摸爬滚打,向老牧民谦虚求教,把从苏联引进的叶德尔拜羊关进了羊圈。

巴什拜欣喜地发现,仙脸大尾羊生长发育快,成活率高,适应性超强。大尾们的到来,让家圈的羊越来越多。他不得不雇用牧民来放牧,也不得不一次次把羊圈的栅栏拔起,再建一个更大的羊圈。羊群是草原上财富的象征。巴什拜成了远近闻名的大牧主,富甲一方。他的羊群在牧场上一出现,人们都要侧目注视。羊腆着圆滚滚的肚子走过的草地,来年又长出一片丰茂浓密的绿色。

如果只是拥有无以计数的羊,也许不足以让人记住这位草原上富有的大牧主。人们津津乐道地叙说着,没有受过正规教育的巴什拜,在民国二十五年(1936)筹建了裕民县的第一座初级中学,又紧接着投资了塔城电灯股份有限公司,建起了塔城第一座电厂;民国三十一年(1942)请人修建了额敏河大桥,解决了裕民县通往塔城的人畜过河的困难,时任行政长官后来将这座桥改名巴什拜大桥;抗日战争期间,他给政府送了数百匹出征的马;解放军进疆,他送去成吨的小麦和成群的牛羊慰问;抗美援朝的炮火在远方战场打响,他又捐献了一架飞机。当地史志上记载着,这架飞机折合四千头羊、一百匹马、一百头牛和百两黄金。这些并不是巴什拜的一己之力,帮他的是一群群不断繁衍的大尾羊。

那些穷苦的牧工,没有谁不认识巴什拜的羊。清早或傍晚出门,他们会羡慕地给认识的羊群让路。“这是巴什拜的羊！”对羊的尊敬也是对巴什拜本人的尊敬，巴什拜所做的每一件事都值得他们敬重。他们自己或身边人多少得到过巴什拜的热情帮助。送钱物牲畜,买地盖房,愿意来当牧工的,人尽其能都可分派到一份养家糊口的工作。人们心中的他慷慨大方、正直热诚,他的羊群转场走到哪里,就把他的声名带到哪里。备受拥戴的巴什拜,成了巴尔鲁克山区的知名人士,后来还担任了塔城地区的最高行政长官。他成了一个符号,象征着财富、公正、热心、给予。不知道从哪一天起,人们为了纪念他，把草原上出入每家每户的仙脸大尾命名为巴什拜羊。

这片看不到边际的原野上,巴什拜羊突然走到你眼前,又眨眼间走远;拐过一道弯,蹚过一条河,翻过一座山;羊在行走,也是草原在流浪。

车停在吐尔加辽牧场旁的公路上。

从没见过这么蓝的天,朵朵白云悬挂在公路前方,仿佛你的速度再快一些就能追上它。沿着窄石板路爬上高高的斜坡,迎着山谷吹来的风,花在摇曳,草原也在摇曳。“这是什么花？”耳畔的声音都是提出同一个问题,草原上盛开的是不同的答案。

紫色鼠尾草长着针状卵形的叶子,没过膝盖,遍地开放;杀虫治癣的翠雀花开得非常密集;根茎粗壮的红景天黄灿灿一片;有棱槽的飞蠊披着蛛丝状的毛,沿着茎下延展成翅;向阳坡面开着的是金盏菊;伞状的寒地报春,有半年的花期,几乎匐着地面;花托凸起的小甘菊锥状球形的模样远看像小菌菇；蔷薇科属的天山樱桃花叶同开，粉白相间；鳞茎圆锥形的贝母，倒悬生长的白花瓣上长着紫色斑点；瘦长的长蕊琉璃草，紫色的花冠微微弯曲像翘起的蝎尾……

"如果五月来，才是更好的花开季节……"女导游往前奔跑，突然伏倒在地，被草浪淹没，又爬起来继续跑，风把她那爽悦的笑声"捎话"到我的耳边。她说，她是爱上在塔城相遇的他，也是爱上这片草原和看过一眼就忘不了的花。

羊在这片大地上经历过什么？

吐尔加辽是有名的夏牧场，它的汉语意思是贵族牧场。一个名字就划出楚河汉界，泾渭分明。不是谁家的羊都可以进入，过去如此，现在也是，护网围栏，非请莫入。从这里经过的巴什拜羊也许从来没吃过一片草叶。这些年月，巴尔鲁克山区的家家户户都在成功地养殖着巴什拜。草原上牧民的日常四季，夏天牧场丰茂放羊上山，秋天去集市卖掉多余的羊或把羊圈补满，冬天要照顾它们度过凛冬，春天等待羊羔出生。上山，下山，转场，牧养，人和羊群，与这片山地草原唇齿相依。

女导游跑得越来越远了。拍照的人们四处搜罗着风景和瞬间。我故意躺在草丛中，头脸朝上，四肢平展，蓝天白云，一尘不染，阳光透亮。闭上眼睛，有斑斓的五彩之光在眼里跃动，像一群金色的蜂蝶。没有云的地方，蓝得虚幻，像舞台打上的一块巨大布景，又像是天空浸在一个蓝色的世界中。侧身，目光从如密林般的花茎中穿越，披着光的花茎，每一根细微的毛蕊清晰。光让草原上的一切袒露，品格中的贵金属与世态中的低俗小说，碰撞出铮铮声响。

山脉横卧绵延的地方是边境线，是羊热爱的夏牧场。积雪尚未完全融化，峰峦山谷间的白色点缀着褐色山体，背光处的雪终年不化。冬天裹风踏步而来的时候，又有新雪将过往覆盖。

无法覆盖的是人的足迹，牧民的、探访游客的、野外考察工作者的、闲逛者的。我在塔城认识的一位摄影家朋友把我带到他的家中，墙上挂着他行走的“足迹”。这位痴迷于游牧文化的田野调查者，拍下了几乎所有塔城山林草原坡地上的千余种植物。三面环山的塔城，这里的中温带干旱和半干旱气候区，被颜色深深浅浅的植物占领。

山麓西南的坤塔普汗峰南面陡，向北倾斜的落差有近两千米，生出一个大斜坡，种类繁多的草木花卉在气温的攀升里，从低谷向高山蔓延绽放，有明确记载的野生植物就有百余种。这让我加深了对“巴尔鲁克”汉语释义的理解：丰饶、富足、无所不有。

我们从牧场上欢愉地下来，那群巴什拜羊拖着狭长的影子，从公路的拐弯处消失。“巴什拜刚离开这里。”我惊喜地指着它们离去的方向。它们是我见过的最缺少表情的羊。其实我也描述不清羊应该有什么样的表情。

刚有那么片刻的恍惚，仿佛辽阔的草场只剩下孤零零的一个人，一只小个子鸟啁啾一声刺入天际，看不到一只羊，只有那条蜿蜒的乡村公路和远处的村庄。没人知道这片土地上放牧的历史有多久远。

巴尔鲁克山南背风向阳，降雪量小一些，人畜越冬的很多冬牧场建在那里。冰雪从四月开始消融，黄色的大萼报春花最先钻出冰雪覆盖的地面。融化的雪水从大地上的每一道缝隙汇聚河谷。

我是在塔斯特河谷终于看到的雪山水。到河谷的下坡山路有很多斜仄的弯道，我们换乘几辆越野车才顺利到达。水混浊，湍急流淌，山谷回声响亮。从巴尔鲁克山发源，有十六条大小河流穿过裕民县，奔赴名声更响的河流。山脚下的塔斯特河和布尔干河，分别从两个方向向西流走出国界。另一条相邻的额敏河，自西向东经由库鲁斯台草原，最后流入咫尺之远却是国界之外的阿拉湖。发出蓝色幽光的阿拉湖，在瞭望中被打磨成一面镜子。山脊起伏，河谷狭远，在巴尔鲁克这个森林王国，看得到百万亩的原始次生林、十万亩的野生巴旦杏林、万亩野白杨林和千余种野生珍贵植物。季节四时，色彩缤纷，是生命的繁衍与共生镀铬着这片山水荒野的界线。

一群羊沿着塔斯特河往山上走，它们低头的模样，像是聆听着与河水一起流淌的属于光阴的故事。草原像一个展示的透明胃，吞吐着时间里的冰霜雨雪。

羊群爬上山头，在这里看得到牧场、院墙、堤坝、道路、河流、畜棚，以及由它们组合的风景。看风景的羊，也成了被看的风景。这片草原是它们的家，是生命开始和结束的地方。牧民对这里的爱，无人弃之远去，也无人驻留在外不再归来，那些远方，依然是远方。牧民赶着羊群回圈，像低矮的坡地上飘过一群云的影子。

草原上遇见的人都有一种朴素的诚实。也许诚实是这里日积月累的人生守则。我听他们说起一件往事,一个牧民在秋季买了一群羊,价格都是双方事先议定的,后来他去集市的交易会上发现他是以很低的价格买到了这些羊。他因此感到愧疚,而不是占了便宜后的窃喜,就主动找上卖主家送去补差价的钱。卖羊的牧民却坚持成交的生意不能再多要钱。草原上的牧民经常如此,把诚实守信的声誉和德行看作一个人生命中最珍贵的东西。听说那个叫依洪达的买羊牧民第二年继续找上门，出了比市场高得多的价格。有人说,后来依洪达也总喜欢帮人排忧解难,一诺千金。也有人说,如果你有依洪达一半的品质,就是值得称赞的善人。

叫依洪达的维吾尔族老人,剩下最后几颗乌黄的牙齿,却依然可以啃光羊排上的肉。在女儿哈力旦的记忆中,一辈子牧羊的善人父亲,是草原上沉默的大多数人中极不显眼的一个。这般的人群,一辈子就活在勤劳谦卑者的草原上,生老病死,喜怒哀乐,几乎不曾留下生活的记录。草原上的历史就是小人物的历史。

天光灿烂,亮晃晃的。天黑要推迟三个小时后到来。天黑前,羊群归圈,身后的大山寂寥旷远,人们即将喝酒吃肉,大声歌唱。

从巴尔鲁克山返程,我们去了哈尔墩四道巷哈力旦家的小院。推开院门，长棚下的餐桌摆满了水果点心，几位当地手风琴演奏家、歌唱家欢愉地奏唱着草原歌曲和《我和我的祖国》。前一天我在手风琴博物馆看到了来自十几个不同国度的三百多台不同年代的手风琴,收藏它们的主人能讲述每一台手风琴背后的故事,也能将每一台手风琴奏出美妙旋律。我没有想到渐渐淡出人们视野的手风琴乐器在这里如此风靡，每年的千人手风琴合奏还上了吉尼斯世界纪录。在这个“手风琴之城”，哈力旦记得小时候，父亲在牧场上拉响手风琴，成群的巴什拜羊都会安静地抬头聆听。她少女时代拥有的第一架红色32贝斯的百乐小手风琴，就是家里卖掉一只巴什拜后买的。父亲无数次说起，闭上眼，还记得那只羊的模样。

都不知道夜是怎样降临的。

天空像在摇动一把小折扇，在晚风中收走最后一缕曦光。走出小院，我朝巴尔鲁克山望了望，朝塔尔巴合台山望了望。我朝绵长白昼望了望，也朝短暂黑夜望了望。仿佛还在草原上，看着属于塔城的风景，风吹过来，动人的歌声和欢笑声带你去往更远的远方。

“去喝奶茶吧！”有人突然在耳旁吆喝了一声。

又一个声音浮上来：“羊儿都上山喽！”

原载《天涯》2020年第1期

《散文海外版》2020年第12期选载

许含章

天水碧

天水碧,是一种颜色。在过去的很多年,我一直不知道,世界上居然有一种颜色,有如此诗意的表达。天水碧,那该是一种什么颜色呢?因我学过绘画,对色彩比一般人要敏感一些,看电影电视对色彩的要求,远远高于对画面的要求。我甚至会因为色调,把一部电影彻底否定掉。

记得刚一接触色彩,老师就告诫我不要灰了啊,记住,一定不能灰了!那时我还不知道灰在中国是一种非常高级的颜色。说这话的是一位很有名的油画家,我妈妈的朋友。他特别忌讳画面呈现出灰感,他评点学生的作品,只要是不满意,通通只用两个字:灰了!

灰指灰度,源于西方的色彩理论。我们学习绘画,首先学习的就是这一套。当然,实际情形比这要复杂得多,在学习素描的过程中,我也经常会被老师批评灰了。而在这一阶段,我对中国色彩毫无认知,我甚至不知道中国绘画还有色彩这一说。我所看到的中国画不就是黑白二色吗?比起西方绘画来简单多了!再说我那时也不关心这些，我那时整个人都陷落在一种灰色的情绪之中，无可救药。因临近高考,学校里弥漫着紧张而焦灼的气氛,类似于大难临头的感觉。青春期真是漫长啊,我心灰意懒,无所事事,唯一能够感受到的,就是生命中充满了灰色。

听《中国美色》色卡设计者苏超先生的讲座,得知这些颜色均取自中国古代文物上出现的经典配色,如百草霜,光看字面你根本无法判断它具体是一种什么颜色。按说这个“霜”字,容易让你联想到白色，但事实上它是一种深灰色。为什么是深灰而不是霜白呢?“霜”字的表达到哪里去了？我们来听苏超先生怎么说。据苏先生言，百草霜最初出自《本草纲目》,想不到是吧？它是一味中草药,它是从锅底刮下来的草木灰,和“霜”似的薄薄的一层,这下你该知道它为什么要叫百草霜了吧。类似这样的颜色,古人那里还有很多。汪曾祺老先生曾在他的散文中,感叹中国颜色“老僧灰”,传达出了无以言表的丰富内涵,其美感简直就无法言说。读到这一段文字,还是在我很小的时候,大概是刚上初中吧,我当即就怔住了,是那种被雷电击中的感觉。一位瘦小而清癯的僧人,出现在空寂的寺院中,太阳静静地照耀。老僧灰不仅是一种颜色,还是一种意象、一种境界、一种氛围的缭绕。老僧灰多么静谧,多么安详,多么美好。所以中国色彩远不止大红大绿,中国元素也远不止青花瓷、中国结、凤冠和龙袍。

红、黄、蓝三原色,是构成西方色彩理论的核心,而在中国古人的认知里,则有红、黄、青、白、黑五种颜色,古人称之为五正色。和西方不同,中国古人认为黑和白才是这个世界上最丰富、最变幻无穷的颜色。同样是色彩理论,我们和西方最大的不同在于,西方人重逻辑,其色彩理论基于实验和细胞学说;中国人重体验,其色彩理论是通过感知、想象而获得。在中国古代,五色不仅代表五个方位,它还是宇宙的五种基本元素,将人世间的一切概括。白色代表金,在东、南、西、北四个方位中对应西,金在中国古代象征着兵器和杀戮,所以西方主凶。这也是为什么在旧时乡村,村庄的西面大都是埋葬无主尸骸的乱坟岗,而官家的刑场也设在西方。黑色代表水,在四个方位中对应北,黑色在中国古代用"玄"字来表示,它最早的样子是一个搓麻绳的动作。号称文化恐龙的著名学者朱大可认为,汉字符码是古文化核心密码(代码)的奇妙结晶,简洁地描述了中国古人生活的自然场景、生活方式和事物逻辑,传递了古代文明的基本资讯。他甚至放言汉字的发明,其价值和意义远远高于中国古代的四大发明。

欧阳修《浣溪沙》有这样的描述:"天碧罗衣拂地垂,美人初著更相宜。"天碧又称天水碧,深藏在中国古代文化中最难以想象的颜色,就这样出现了。不知道是在哪本书里,我读到南唐后主李煜的后宫里,宫女们浸染出一种碧色丝帛,于夜间晾在庭院中。这些丝帛被天露之水浸润之后,颜色会慢慢变淡,呈现出一种柔和清雅如天水一般的淡绿色。那是南唐宫中极为短暂的静谧时光,南唐后主李煜的词风此时还很是靡柔,过着一种安逸而无所事事的生活。中国古代宫廷,尤其是六朝时期,技术发达,生活奢靡,贪图享乐。六朝京师遍布着宫殿,人口猛增到了二十八万户。"城厢方舟结驷,街市流溢，器用万端”，手工业和商业于长安、洛阳两京雄强天下，矿冶、炼钢、机械、造船、纺织、烧瓷等方面也都取得了很大的进步。冯梦龙《太平广记钞》记载，南朝刘宋时期，刘裕迁洛阳锦工于建康，设“斗场锦署”专门从事锦缎生产，金陵织锦工艺由此发轫，到了南唐时期，已是盛况空前了。润州的方纹绫、水波绫，都是色泽清丽、技艺超拔，甚至南唐的每处官府里都设有作坊，民间更是机杼遍布。“升元初，许文武百僚观内藏，随意取金帛，尽重载而去”，看中了就可以随便拿走啊，能带多少就拿多少。朝廷对百官的赏赐也多是丝帛品，而在南唐后主李煜的词中，红罗绿锦之类的美词艳句更俯拾皆是：“红锦地衣随步皱”“绣床斜凭娇无那”“淡淡衫儿薄薄罗”……他还突发奇想，于宫中以销金红罗当墙纸，以白银钉玳瑁来固定，每逢七夕夜，一定用上百匹红白罗缎，铺陈出月宫天河。盛大的纺织业，支撑起了后宫的奢靡。就是在这样的背景下，南唐宫人“染碧，夕露于中庭”，创造出“为露所染，其色特好”的天水碧，而这种若有若无、近乎青和绿之间的染色，也由此成为一时风尚。据说那一时期的建康染肆，多以天水碧为布幌，以招揽顾客。建康是南京六朝时期的名字，是当时世界上第一个人口超过百万的城市。这以后天水碧就常常出现在了诗人的笔下，北宋晏殊有“夜雨染成天水碧”，南宋周密有“天水碧，染就一江秋色”，当然，著名的还有上引欧阳修的《浣溪沙》。这一时期的著名文人除欧阳修外，还有范仲淹、包拯、王安石等。只有在宋人理性审美的历史语境下，天水碧才有可能成为一种时尚、一种风习、一种独具内涵的中国色。

对于中国古时的各个朝代,我最倾心的是宋朝。当然是北宋,远离了汉唐的豪迈、饱满、奔放和张狂,代之以平淡、典雅和沉静,北宋是更自信、更成熟、更内敛了。“谁见柴窑色?天青雨过时。”这也是欧阳修的诗句,柴窑号称中国历代诸窑之冠,是唯一以君主姓氏命名的瓷窑。后周的皇帝柴荣,在位期间整饬军队、裁汰冗弱、招抚流亡、减少赋税,使后周政治清明、百姓富庶,中原渐渐复苏。但柴窑久已失传,后世连窑址在哪里都不知道了。作为五大名窑之首,柴窑的失踪之谜,让历代史家和陶瓷专家苦苦追索而不得其解,最终只能归结为它与汝窑的关系。如欧阳修《归田录》:“柴氏窑色如天,声如磬,世所稀有,得其碎片者,以金饰为器。北宋汝窑颇仿佛之……”明代屠隆《考槃余事》也说:“汝亦唐河南道所辖之州,柴窑即在其都内。”屠隆的这部小书,是一本笔记体清谈,杂论文房清雅之事,篇幅不长,但内容翔实,语言简约,文笔丰赡。“考槃”一词来自《诗经·卫风》,描述一个人在山涧中,在山冈上,在旷野里,“击器为乐”自歌自吟的状态。另外,佚名《南窑笔记》中《陶说》也有这样的文字:“周武德年间,宝库火,玻璃玛瑙诸金石烧结一处,因令做釉,色青如天,明如镜,薄如纸,声如磬,其妙四如,造于汝州,瓷值千金。”也因此当代大收藏家马未都先生,有一次在收藏大讲堂上放言:“将来柴窑一旦发现,釉色肯定和汝窑相类似。”马未都的这番话和欧阳修的“谁见柴窑色,天青雨过时,汝窑瓷较似”相一致。但“雨过天青”色那究竟是一种什么样的颜色呢?我常常闭上眼睛,沉入一种冥想,然而我终究想象不出。据说烧制这种瓷器,一窑要消耗掉两千斤松柴,代价实在是太大了。因松木富含油脂,在燃烧的过程中持续挥发,烧制出来的釉面才能“青如天、明如镜、薄如纸、声如磬”,达到温润、淡雅、宁静、含蓄、柔和的效果。

第一次见到这种“雨过天青”瓷,是在纪录片《台北故宫》的镜头里,那一刻我大脑一片空白,是窒息的感觉。那是一个小小水盂,温润而安静,散发出如“天青”一般神秘的色泽。我也非常喜欢这部片子的主题曲:“溪的美,鱼知道,风的柔,山知道。”听到这里,我特别想对那只天青水盂说,你的美,我知道。解说词里说这只水盂是汝瓷,而汝瓷的釉中含有玛瑙,其主要成分是氧化硅,所以能呈现出一种纯净的天青色。北宋时期中国的瓷器技术发展到登峰造极的时代,之前和之后都再没有出现过。后来日本、韩国等东亚国家都试图仿制这种名为“天青”的瓷器,但都因为技术方面的原因而实现不了。

关于宋代文化,著名史家陈寅恪曾有过权威论述:“华夏民族之文化,历数千载之演进,造极于赵宋之世。”因此“宋朝上承五代十国,下启元朝,处于一个划时代的坐标点。两宋三百一十九年中,物质文明和精神文明所达到的高度,在中国整个封建社会历史时期内是座顶峰,在世界古代史上亦占领先地位”。宋代独特而渊深的美学意识,是其文化土壤、文化精神所孕育出来的,它的形式、格调和趣味,有别于唐代审美,是一种文化型美学。所以我们才说,宋代是中国封建社会最成熟的朝代,宋人更能按照自己的性情去感受生活、理解生活。华夏民族的精神质地是“诗性信仰”，而宋代将这个信仰变成了社会生活。这很重要，所以才能产生“天青”这样的颜色。这当然也与宋代皇帝的精神审美有关，当整个皇室具有优雅的气质，全社会就都会向往一种“诗意的生活”。同济大学设计创意学博导邹其昌说，宋代美学是中国美学史上的重要时期和辉煌区段，有属于自己时代的审美理想、审美形态、审美话语、审美精神，彬蔚大备，郁郁乎文哉。“辉煌区段”这一表述真好。南宋之后，帝王的审美品位渐渐庸俗化，尤其是清王室，对色彩的审美不是大红大绿，就是大金大紫，实在是不敢恭维了。

2010 年，一个乾隆时期的花瓶在伦敦拍出了四千三百万英镑，约合三点八亿人民币。2018 年 8 月，一个类似的乾隆朝瓶子，在苏富比拍卖行一样拍出了天价。这只瓶子通体明黄，辅以明蓝，珐琅彩被认为是花纹设计最为复杂的瓷器，有所谓的“富贵逼人”之气，但我实在是欣赏不了。拜金主义的社会氛围，崇尚纸醉金迷、珠光宝气，深陷种种欲望的泥淖。所以对宋瓷的平淡无奇，很多人欣赏不了。而相比较小时候，我现在对灰色似乎有了更加深刻的理解，灰比黑更隐蔽一些，内敛一些，朦胧一些，低调一些，更有过渡性，有退一步海阔天空的意思。我也喜欢林忆莲的《灰》：“你已经走出了我/不再有/什么可以做……”因为运用鼻息的技巧处理，唱出了别样的深情与温和。

原载《红豆》2020 年第 9 期

《散文海外版》2020 年第 12 期选载

王选

堡子:土夯的骨肉

[外一篇]

堡子在村庄正对面。一出门,眼皮一撩,就能看见。

在甘肃,用黄土夯筑而成的堡子随处可见,几乎一村一个。陇上,多干旱。风硬,刀子一样,在大地上削砍着,露出了黄土的骨头。这比风还硬的骨头上,便站立着一方方堡子,倔强、孤独,又敦厚、颓败。俯瞰着山河故地、草莽众生。

堡子筑于何时?有说清末,有说民国初期。麦村的堡子呢?似乎也没有一个准确的说法。在我很小的时候,老人们曾说起过关于堡子的事。但那时年幼,不求甚解。待我想知道更多时,老人们一茬茬殁了。人,终究是活不过一堆黄土的。几百年了,堡子依然站在山梁的顶端,没有消亡殆尽,阳世间,已换了几茬天,换了几茬人。

老人们说,堡子,是躲土匪的。百度上,也这么说。

老人们还说,有一年,土匪进村,烧杀抢掠,村里人都拥向了堡子,深藏不露。扛长工的大曾祖父,留在村里,没有来得及跑,被土匪在脖子上砍了一马刀。整颗脑袋耷拉在肩膀上,只有气管还连着，血液四溢。大曾祖父在厨房，一手扶正脑袋，一手扯了一圈编锅盖的麦秆，缠在脖子上。继续一手扶脑袋，一手勾住墙，一跳，一翻，跃过墙头，跑了。后来，脖子上撒了云南白药，只听见肉和肉生长在一起时，发出了滋啦啦的声音。我至今还记着老人们和我坐在槐树下，他嘴里发出的“滋啦啦”的声音，像两片粘在一起的胶带被撕扯开来。

大曾祖父侥幸逃脱，活了下来。我出生时，他已去世好多年。我无法想象他的容貌，无法想象他是如何大难不死的，也无法想象在一个草菅人命、血肉模糊的时代，堡子是什么样的。

关于堡子的历史，我仅知道这些。虽然它每天都会进入视线，可真是熟视无睹。

我已在人世虚度三十年。细细想来，我只去过一次堡子。它真的不远。要么沿着对面的梁，顺着走，在一条岔路，朝左，再走，不远，就到了。或者下山，过沟，再爬山，一直朝上，也就到了。最多三十分钟。可我竟然想不通这么近的地方，我怎么就去过一次。我们捉迷藏，我们放牲口，我们打仗，我们游逛，我们几乎跑遍了麦村的每一个角落，翻遍了麦村的每一寸地皮，可为什么我们就没有多去一次堡子呢？

搞不懂。

我至今记着那次去堡子的经历。差不多快二十年了吧。

应该是暮春。二十世纪九十年代的某个下午。我和母亲在地里放玉米苗。纤弱、枯黄的玉米苗，蜷缩在地膜里，用削尖的竹棍，把地膜剜破，再用竹棍勾住玉米苗，一旋，一拉，就把玉米苗拨拉到了地膜外面。它们孱弱的身子，稀稀拉拉，在午后的风里，晃动着，东倒西歪，禁不起风吹的样子。我们的身后是两只水桶，已空空如也，像两只眼睛，瞪着三月的晴天白云。干旱，多年未见的干旱，弥漫在西秦岭一带，尘土飞扬，田地干裂。这样的旱情已从春节持续到了三月。人们急切地盼望着一场春雨，可每天都是碧空万里，滴水不见。在持续而严重的旱情里，人们踩着盖住脚面的干土，种上了洋芋、玉米、葵花、胡麻。

旱情让五谷的出生率和成活率都降到了最低。一亩玉米，成片成片的没有出苗。我和母亲只好剜开地膜，再掏一个窝，撒进三四粒籽，进行补种。补种的窝里，按理说，都要浇水，可挑来的水，哪里够解渴，两三行下来，早已用得滴水不剩。再担，涝坝里也只有稠泥了。我和母亲坐在土堆里歇缓，眼前是白花花的地膜，落满了阳光，刺得人眼疼。远处，地埂上，站满了杏树，花落了，豆粒大的杏子挂满枝头，因为干旱，也显得干瘪。再远处，就是灰蒙蒙的大地，罩着浮土，干旱像一只抽水机，抽干了大地的血液，到处皮开肉裂。

玉米苗已放得差不多了。我们坐着，像两块土坷垃，风再吹，就化了。我们无助，我们茫然，我们干燥，我们满是忧伤。

就这么坐着时，我隐约听见梁上有唢呐声和人群的喧闹声。循声望去，一簇人围着什么，缓慢前行，后面，追着一长溜儿小孩，像一根尾巴，拖在干枯的山路上。偶尔传来的锣鼓声，让暮春的午后显得焦虑、急躁。母亲说是董村的爷（我们把村里供奉的神像叫爷),要到我们村的堡子祭山。早几天就听村里人说,旱得不行,董村人准备祈雨。所谓祈雨,好像是人们抬出神像,由穿着长袍的师公进行表演,一边说说唱唱,一边挥舞着羊皮鼓,最后还要在额头上砍几刀,鲜血直流,怪是骇人。通过这样的祭祀,请求神灵到天庭讨来雨水,普降甘霖,以解旱情,救黎民于苦难之中。当然,祈雨还有好多烦琐的程序,不太清楚。不过祭山是其中重要的一环。

后来,我把母亲丢在地里,爬上山坡,跟着那支队伍走了。

我们来到堡子。这是我第一次,也是唯一一次踏进堡子。堡子里种过地,翻耕过,一脚踩下去,虚土能湮没脚面。从堡子里看,四周围墙多有塌陷,呈锯齿状,并不太高。山门大敞,像一张嘴,永远豁着。堡子有半块打麦场大,里面空无一物,只有正中间,横卧着一块石碑。村里的孩子说,这块碑下,压着一条白蟒蛇。真的吗?不知道,反正谁也没有见过,但大家都说得言之凿凿,我们也就信了,权当真的有吧。在整个童年时代,我们都被大地上的神秘传言所裹挟,所拿捏,带着无限的恐慌和无限的兴奋,游荡在村里。是因为听说了堡子里有蟒蛇,心里惧怕,我们才没有再去过堡子吗?我也不知道。

来祈雨的人,把神像稳稳地坐在地上。好像有龙王爷、黄爷。龙王爷,面红耳赤,长须飘飘,怒目圆睁,怪吓人的。黄爷,是女性,涂脂抹粉,面若满月,两腮饱满,倒是慈善。人们抬起石碑,立稳。我们期待的白色蟒蛇并没有出现。有人说,它化成一缕烟,飘走了,我们肉眼凡胎,看不见。我们走了,它还会回来。

我们围成一圈，看着师公嘴里叽里呱啦唱着，转着圈，脚下尘土飞扬，犹如腾云驾雾。他们手里高举羊皮鼓，敲敲打打，铁环撞击发出了清脆的当啷声，像雨打铁盆，不绝于耳。我们还看到了什么？好像杀了一只公鸡，好像放了很长的一串鞭炮，好像还焚香点蜡，把膝盖跪下去，插进土里，朝苍天磕了头。其余的，我实在无法想起，毕竟很久远了。

临走时，我趴在堡子的墙边，在塌陷处，看了看外面。北边，远处是麦村，蜷缩在半坡上。南边，是稠泥河，河水冲刷而成的川道，显得低沉、遥远，不知去向。堡子正下方，一边是垂直的悬崖，高高挂着，让人眩晕。沟底是黑森森的树林。一边也是陡坡，再下去，才是一台台田地。站在堡子，抬眼望去，视野开阔，四周风吹草动，尽收眼底。干硬的风从豁口吹进来，像巴掌，扇着脸，生疼。现在想来，如此陡峭险峻的山势，真是易守难攻。在冷兵器时代，人们封堵堡子的大门，便可相安无事。即便遇到进攻，用石块也能击退。我想，祖先们为了寻找夯筑堡子的地方，定是把村子周围的山梁踏遍了。综合各种因素，这里应该是麦村最适合筑起堡子的地方了。

谢谢堡子，曾挽救村庄于水深火热之中。从某种意义上说，没有堡子，就没有我们。

蹲在西秦岭莽莽群山额头上的堡子，就这样，经历着风吹日晒、岁月侵蚀，一点点矮下去，瘦下去，但依然用最后的骨骼守望着麦村，守望着一代又一代人的生死。它像一个老人，在时光深处，盘腿而坐，缄默不语。它空荡荡的胸膛内，如谜一般，藏着汹涌的往事。只是这些，我们再也无从知晓了。

好多年过去了，我站在村口，远处是堡子。它蹲在山顶，早已没有矗立之势。它的周围，是坡，再往下，是修成台阶的梯田，以前，大多种麦，便于驮运。现在则一律荒芜了。它在荒芜之上，愈加荒芜。它终将用残垣断壁，为乡村往事呈现供词。可谁在乎这些呢？

从外婆家回来的路上，我突然想去看看堡子。我想看看二十年后，它颓败下去的样子，也想看看童年时代的那个祭山的午后，是否还会与此刻重合。

我沿着山路，蹒跚而行。路上，早已荒草丛生，无处落脚。曾经被人们和牲口踩得油光闪亮、寸草不生的乡间道路，现在早已面目全非，野草横生。走着走着，前面我想应该会有一条羊肠小道，通往堡子，但没有了。大量密密实实的酸刺和洋槐封锁了去路，连一只兔子容身的空隙都没有。加之酸刺扎人，难以近身，再无别路可走。我深陷草木深处，寸步难行。前面，不足一里路，便是堡子了，它近在眼前，可我难以抵达。我难以抵达的，除了此刻，它荒芜已久的身躯和心胸，还有它曾经在历史的某一页留下的往事，事关我的祖先存亡。

我终究没有抵达堡子。我永远也无法抵达真正意义上的堡子。我拍了几张照片，撤退下来，铩羽而归。

如今，堡子依然在村子对面，三十年了，在我印象里，似乎一成不变。但我知道，岁月，在用一把锋利的刀子，改变着它的细节，就如同岁月改变着万物的细节，我们难以觉察罢了。

堡子,自土匪消亡的时刻起,便失去了存在的意义。藏身、抵御,已埋入烟尘。它虽然还是麦村的一部分,但它仅仅是堡子了。

它还会更长久地存在下去，把无意义进行到底。它和我们一样,来自黄土,在这阳世,用土夯的骨头走一遭,最后长眠于黄土,成为黄土。只是比我们走得缓慢罢了。

唯有草木不会背弃故土

麦村多草木。但也多是贫贱草木。

榆、柳、杏、槐、杨、梨,苦苦菜、天萝卜、麻蒿、冬花、紫蓼、牛蒡,等等,其他的绝大多数只识得样子,却不知名目。正如我等草民,湮没于茫茫黄土高原之中,寂寂无名,穷其一生。

十多年前,父亲在门口一处土台上,植了一棵洋槐。洋槐材质一般,常不受重用。栽下它时,两人多高,枝条被砍尽,显得干瘦,待再长新叶。多少年过去了,我不知道当初父亲为什么要在门口栽一棵遍布乡野的槐树。是拴牲口?是用以乘凉?是将来当椽?或许他就想在那里栽一棵树,不为什么。

多年以后,那树已参天,枝条若伞,撑开来,罩住了路口。树干由当初的锨把细,长到了今天的齐腿粗,甚至曾经光滑的树皮,如今变得皴裂、皱褶。它和我一样,饱经风雨,活出了岁月该有的粗糙、疲惫、无助。如今,当它真正在泥土里扎稳脚跟,能拴住一头牛时,牛,已经不知去向了。它留着空荡荡的腰身,等不来一根缰绳,这多么让一棵树伤心。如今，当它真正铺开枝叶，把巨大的阴凉投向泥土时，乘凉人，已经去了远方，不知归途。那些浓黑的阴影，是大地结出的瘢痕。那些漏落的光线，是一棵树内心难以说出的秘密。如今，当它真正长出了一棵树该有的茁壮，能站在墙头，挑起大梁时，盖房人，早已放弃了重修宅所的愿望，即便返乡修房的人，也用起了名贵的松木。这也让一棵树伤心。

好多年过去了。一晃眼，又是好多年过去了。

门口的槐树，就那么长着。在麦村，万物都呈现出败退之意，输给了时光和现实，唯有草木，逆势而生。它们和我们不一样，我们想尽一切办法试图走出麦村，再也不打牛后半截，不起早贪黑，不被泥土和贫苦打败。而它们，无路可走。它们生在那里，就注定一生活在那里，别无选择。但它们比我们活得久远多了。一百年，三百年，五百年，甚至更为久远。我们在它漫长的岁月里，不过是几次花开花落罢了。

在麦村村顶，一个叫酸刺咀的地方，有着另一棵酸梨树。树上钉着一块铁皮，印着树龄五百年的字样。

麦村多酸梨。酸梨是流落乡野的梨树。

酸刺咀的那棵树，很大，三个成人手牵手，才能环抱住。三月天，梨花开。繁密、雪白的梨花，堆满苍劲的枝条。似云，却比云轻盈。似雪，却比雪热闹。似烟，却比烟纯粹。躺在树下的草甸上，仰头，盛大的花事，轰轰烈烈，弥漫山野。潮水般的蜜蜂，在金黄的花蕊上，点燃火焰。白色的火焰，白如绸缎般的火焰，把麦村干涩的脸庞照亮，把每一个人午夜的梦境照亮，把岁月之河照亮。

天一暖，我们脱掉臃肿的棉袄，像一只绵羊被剪掉羊毛，浑身轻松，似乎要飞起来一般。我们唰唰攀上酸梨树，泼猴一般，嬉戏，打闹，把毫无忧虑的童年，悬挂在枝干上，风一吹，我们是一群黑果实，摇啊摇，摇落了满地的花瓣和笑声。有时候，我们会在平展的树干上躺着，睡着了，梦里，黄鹂鸟编织着花篮，送到了家门前。梦里，花儿落了，像我们童年的翅膀，脱落了。从此，我们开始以沉重的肉身，行走在人间烟火里。

在酸梨树上，我们从春天玩到了夏天，从夏天，玩到了晚秋。暮秋时节，霜落平川。酸梨就熟了。拇指大的梨子，在枝条挂了许久。没有人吃。或许是树太古老了，和老母亲一样，奶水稀少，喂养不出一个嫩孩子。也或许树在山巅，缺少水分，果实也就变得干涩，咬一口，如同嚼柴。听大人说，这树上长着七种酸梨。是这样吗？我倒没发现。可能是老人们的编排，只想说明古树的神奇罢了。无人采摘的酸梨，最后零落在地上，皱了，干了，发黑了，腐朽了。化作泥土，滋养母亲。五百年了，春去秋来，循环往复，生生不息。

听说，这树，在四川一座寺庙的井里可以看见。我想也是编排而已。怎么会呢？但或许，这棵树和四川之间，真有着某种关联，只是无人知晓，才用一个含糊的故事，保留着某些记忆而已。

我已好多年没有看过老梨树开花时的盛况了。混迹城市之后，我的梦里，再也没有梨花盛开过，甚至连一个花瓣也没有落进梦的缝隙。我也好多年没有再爬上这棵树了，我不知道它的臂弯还是否能挽住一个发福油腻之人的躯体。

当我再一次站到它遒劲、浓密的树荫下,看着叶子红透,开始凋零,轮回在枝头上摇摆不定。看着其中一根枝干被人压折,垂在地上,像一条骨折的胳膊耷拉着,无人问津。看着曾经铺满落花的地上,丢弃着成堆的啤酒瓶、塑料袋等垃圾,狼狈不堪。我不知道该说什么。

这些年,唯有记忆对一个人忠心耿耿。

记忆中的酸梨树,依旧美好,依旧沾满童年的光泽,依旧摇晃着一双双露着大脚趾的黑布鞋。而除了记忆,一切都在叛逃。我们叛逃故土,在城里,清洗骨头上的泥土,过滤血液里的质朴,剔除皮肤上的烟火,最后,完全伪装成了一个都市人。且人模人样,粉墨登场。而一棵树,它不会,五百年,它从来没有企图逃离,它站在高处,目睹着一群人的死亡,一群人的离开,目睹着旧故里草木渐深,而人烟稀疏。它比我们任何一个人都了解这生死疲劳的故乡,它把这西秦岭的天地和世道看得透透彻彻,也看出了风轻云淡,生死从容。

我站在梁顶,眺目望去,群山重叠,莽莽苍苍,一圈圈,一道道,波纹一般,紧锁着麦村。天,青灰的天,像一口用旧的锅盖,扣下来,罩住山的边沿。似乎活在麦村的人,被天地紧裹,毫无出路。似乎我们真的像蝼蚁一般,在贫瘠、陡峭的土地上,被生活之手,像摊鸡蛋饼一般,翻来覆去,煎熬着。但人们还是在群山的裂缝里,用尽脑汁,潜逃出去,寻找平原、超市、繁华、灯火、喧闹。

二十年前，当我还是少年时，我便站在山顶，极目远望，用一个孩童的眼光环顾着四周的群山，我从未想过长大，也从未想清远方遮住视线的高山后面会有什么，更不会想到二十年后我以一个乡村逃离者的身份再一次返回故土。

我盼望着逃离，逃离乡村的一切，甚至逃离回家后沾染在身上的炕土味，我的父母也支持着苦心经营着我的逃离，他们不想让子女再走他们的老路，也不想让子女活成他们的翻版，最后，我逃离了。用一场场考试，一次次调动，彻底混迹城市，在一家正式单位讨得一份油米之钱，挥霍此生。

而每当夜色滴落，城中村的鼾声粗重之时，或者某个清晨，看雾霾侵占全城，车流汹涌、人流麻木时，或者在讨米之地，忙于应付虚假之事，甚至看人脸色，听人挑拨，陷入不明的斗争旋涡时，我开始怀疑逃离的意义，怀疑人生的活法。

我曾经在朋友圈发了一句话：我的终极理想，读书，写字，放牛。引得一片同去之声。

每当面对怀疑，我就想到麦村，回到麦村，回到鸡鸭群里，回到黄牛槽前，回到炕头，回到麦子深处。风来闭门，雨来关窗。卧听风雨，闲看落花。薄田养命，草木养心。活着如此仓促、不易，好在还有故乡，可以安放灵魂。如果没有麦村，我就是真正的游魂了。当然，这仅仅是一种假设和妄想罢了。我终究还是回不到故乡，即便踏在故乡的土地上，物是人非，也回不到传统意义上的故乡了。

如果是一棵树、一棵草，它们就没有逃离和归来的撕裂感。

站在梁顶,站在我们童年的嬉闹之地,遍野的草木,吮吸着每一粒雨珠,越发茂盛。在急剧变革的乡村,大地上的万物,唯有草木,不会背弃,不会逃离,它们将长久地站下来,它们将最终看到村庄的未来。

在一棵树前,我心怀愧疚。我无法像它,学会坚守。我能做的,只有在树下坐一坐。秋天了,猛一抬头,叶子红了,开始坠落。一棵树,正在抖落疲惫,在大雪袭来之前,退回内心,扯紧衣襟。而我呢?

《散文》2019 年第 5 期首发

散文
ESSAY

学群

稻子和吃稻子的人

我开车从洞庭湖边的春风大堤上过。堤东边的田畴大幅展开，一直到了京广铁路附近。火车在铁路上奔驰,收割机在收割稻子。大型收割机从田垄上开过，稻子的上头不见了，稻田一拨拨矮下去。谷粒流水一般从一根管子里涌出,被装进一只只蛇皮袋。还有一些东西,一些跟随谷粒的叶片和穗条,打碎之后被机器随风一口吐出。

稻草傻傻地站在那里。上面那一段没有了,它们当然摸不着头脑。看看周围,那边吓唬鸟儿的那位也没有脑袋。如今做稻草人,已经不作兴要脑袋了。它又不相亲,又不用想事情,要一只脑袋做什么?它只要两只袖子在晃就行。实在要弄点什么,就弄一顶草帽戴在上头。戴草帽的稻草人是将军,齐刷刷排成行的稻草像士卒。

鸟从上头过,它不知道稻子已经收割,只知道稻子突然矮了许多。稻田矮下去,稻草人下面的竹竿露了出来。月亮打这里过,它只看到收割留下的尖利,被禾茬们高举着。怎么都找不到一处又软又白的草垛,好让它的光躺在上面。风来到田间,不见了往日的玩伴。露水来了，没有一片带茸毛的叶子可以把它托起。萤火虫打着灯笼,找不到回家的路。

人们早就习以为常。在好些人那里，收稻子本来就是这个收法。我当然知道,机器将越来越多地取代人工。这一点谁也无法改变。我是弯着腰在稻田里割过稻子的人。一个割过稻子的人,不会不知道腰酸背胀的滋味。我想说的是机器收割所传达出来的那种力,那种君临众稻之上的力,那种话语方式。在钢铁的轰鸣之下,稻子这种从泥地里长出来的东西是多么卑微,多么柔软无力。我是吃稻米的,吃下去的稻米已经成了我的一部分。看到它连穗带叶大口收割的样子，我担心这样的机器在收割了稻米之后，由于机器故障,由于断路,由于电脑病毒,突然收割起吃稻米的人。由此,我想起以前我们割稻子。

每一株稻子都知道。从河姆渡那里,或者更早,它们就知道了被收割的命运。它的茎秆其实是一根管子，从根部吸取水分和营养。它没有在这里留下过多的钾,好让秆子长得粗壮,好让它挺举。众多的养分都从这里输往上头。等到上面抽穗灌浆,等到饱满的颗粒压下来,它们就弯起了腰。弯起的稻秆,是多么适合拦腰抓握,是多么适合收割。顺着禾稻弯斜的方向，人的手把它们拦腰收作一握,稻根露出来,另一只手把禾镰端平了,一下从根处划过,稻子的一生就到了人手上。

稻子弯着腰送上它的一生,人去接受,同样弯着腰。一根稻子弯着腰所承受的,也会来到人的腰背上。说来也巧,那些用来收割的禾镰也弯成新月的模样。灰暗的禾镰,是在收割的时候,一次次被禾稻擦亮的。那时候,老人们都相信,这一年的新月是从收稻子开始的。

一根稻草,并不是一开始就是稻草。一开始它是秧,后来它是禾。它的生长似乎都是为了抽穗。稻子的意义,好像都集中在那根稻穗上。直到谷粒离穗。好比一个人退休了,不再去上班,不再是这个是那个。稻草是在这时才开始成为稻草的。

收稻草的人把一些稻草拢起,抽出一束稻草从上头把它们缠上。一簇稻草就像一座草塔立在那里。阳光团着它们打转,东面照过之后,又从西面照过来。这以前,阳光在春天照过,夏天照过。这一次是单单把它们作为稻草来照耀。秋天的阳光一照,一根稻草的一生就都来了,从头到脚干净明亮,还带着草的干香。想来这些事情,月亮是知道的。月光一来到稻草上,就变得这样鲜亮。就这样躺在稻草上。即便是黑色的夜,到了这里也会停下脚步,把稻草的地方,留给稻草。

我至今记得昭大哥的拖拉机拖了一车稻草,打我们念书的镇上过,我们搭他的拖拉机回家去。我们躺在上面,用一车稻草摇晃着镇上的房子和路灯。到后来,连天上的星子和银河都被一齐摇动。我还记得一天夜里,我在山上走迷了,下山看到一堆稻草。顺着稻草往下看,田里的禾茬带一点亮色一直排过去。我明白了:踩着禾茬,就可以一直走到家门口。

谷粒不在了,稻草是稻草。牛是懂得这一层的。稻草吃下去之后,它们在反刍。

那时候,稻子收了,稻草还是完整的。稻草身上还留存着做稻草的尊严。现在不同了,上面那一段没有了,下面还在禾茬上,它是做稻草呢还是做禾茬?眼看着做稻草是做不了啦,做禾茬又太长。就这么站在那里,它是要做什么呢?趁着一连几天的好天气,有一些还没头没脑发出叶子来。它自己也不知道长出来做什么。湖滩上有草吃,牛不会跑到田里来吃它。牛也不是以前的牛了。等到春节临近,众多的牛都要被送到节日的市场。养牛的人哪会让它们吃稻草。他让它们吃饲料,吃出来就是肉。稻草也好,禾茬也罢,它们只好没头没脑地待在稻田里。直到冬晴时,种田的人过来放一把火,烧了的就烧了,没烧尽的就黑乎乎留在那里。

看来,稻草存在的意义,是跟着谷粒一起收走了。那么谷粒呢?

那时候,稻谷收走之后,有一些还是要回来的。选出来的稻种,代表它们的同类,带着它们的遗传密码,重新回到土地,加入下一轮生长。这时候,每一粒稻子现时的生长,既连向遥远的过去,也通往未来。一代代稻种,把它们从远古承接下来的基因,和一年年累积下来的对生长环境的记忆与调适传到这里,又通过它们传下去。传下去的时候,也加入了它们那块田里的天文与地理,加入了它们因应变化的努力。这样,这些短暂地生长在田地里的稻子,同时也长存于种类繁衍的谱系中。为数众多的生物种类,它们历经旱涝之灾,熬过病害虫害,一些种类吞下化肥之后,又忍受农药之毒,顽强地存活下来，一些物种让它们的种子打着伞飞行，一些让种子漂越海洋，有一些则让种子穿过动物的肠胃，让粪便带着它们寻找生长地，它们的生存努力让人肃然起敬。所有这些，不就是要把它们那个物种，把它们身上的生命密码投向未来？

可是眼前，我看到的这些稻子，收割机收割之后，它们再也不会回来。蛇皮袋装上之后，一小部分大概会留在主人家里做米饭，其余的就都进了市场。杂交过的稻子，没有再生能力。种子要从种子公司来。两头都在人家手上，它们只管从身上长出稻子来。稻子一旦长成，收割机就来了，它们生存的努力随之被没收。收割机的专横粗暴，其实也意味着对稻子之为稻子的否定。

我开着车在大堤上走。开车方便，想到哪里就到哪里。看来我是越来越少不得车了。大堤下面，收割机在收割。开收割机的人，想来是不会拿起禾镰去收割了。杂货店也已经不卖禾镰了。稻田当然还会种上稻子，种子肯定会是种子公司来的杂交种。杂交产量高。以前那些稻种，已经从地面上消失。就算某处种子博物馆之类的地方还有它们的孑遗，它们与这个世界的交流互动也已停止。种子的记忆从此就是空白。远处靠山的地方，火车在铁路上奔驰。上车下车，人们都按照火车时刻表，把自己装进去，把自己卸下来。

《散文》2019 年第 6 期首发

陈元武

大地

一

许多时候,我们都忘记了土地,水泥覆盖的地方,几乎成为我们与大地的屏藩。我所站立的地面上,铺着厚厚的水泥、砖头或者石板,被精心打磨过,切割成各种形状,在城市里,我的脚几乎沾不到泥土。而城市里却不乏污秽和烟尘,冬天的早些时候,天空渐渐失去了水分,那种蓝色仿佛被尘霾吸走了魂魄,变成死亡般的灰色。我在鸽子的羽毛上看到了日子的身影,灰尘已经将它的黑色瞳仁浸润成白内障般的混浊。鸽子因为食物充足而日渐肥胖,它不需要成天在天空里飞翔,它的翅膀已经失去了长途飞翔的耐力,甚至,它都不愿意在楼宇间多飞几圈,让天空变得灵动些。肥硕的鸽子在小区低矮的树上无聊地聒噪着,跟一些同样无聊的麻雀在抢地盘,在地上捡食着随地落下的食物。那些人类吃剩下的食物看上去那么的肮脏和肥腻,鸽子吃不到大地上的其他食物了,尤其是城市里的鸽子,除了宠物鸽有固定的玉米碎屑和小米高粱等饲料,广场鸽几乎没有这样的待遇。我遇见的鸽子无一例外都适应了这样的食物。在小区楼顶,有人撒谷物吸引鸽子的光临,而更多的时候,鸽子从其他地方吃饱了飞过来,百无聊赖地闲聒着,声音单调而沉闷。街巷在整个夏天里总是被异味所笼罩,雨季结束后的高温天气,让该发酵的树木落叶和草坪上的积尘散发出难闻的气息。空气里飘着地铁站工地扬起的烟尘,二十多米高的螺旋升降机和机斗发出沉闷而持续的轰鸣,机械撞击声和大地撕裂的哀鸣混杂在一起。地上的人像蚂蚁一样穿行,地下的洞穴里,现代化的机械在穿行,过不久,这个城市的空间会发生新的变化——像蜂巢一样的结构化城市替代现在的单一平面化城市。像布罗茨基诗里所说的那样:

我们穿行的城市里
已经没有空间的秘密
土地已经远遁
潜行到更远的深处
我们昆虫一样蚁行着
望不到地平线

城市土地的固化和坚硬使得雨水再也无法回到大地,于是,一场稍大点的雨就让街巷变成了河流,我们却未能拥有鱼的能力。有时候望着在齐膝深的积水中抛锚的汽车散落各处,绝望地闪着黄灯或者红灯，心里就会有一种莫名的罪恶感——是我们将自己的生活变成一种不可通透的池塘，积水的倏然而至，让一切的快乐变成了痛苦。汽车在积水中像落水的甲虫一样挣扎着，世界在混沌的雨雾里变得模糊不清。窗玻璃外是水的世界，窗玻璃内，是暗的世界，那么局促狭小，仅容得下自己的灵魂在急速喘息。树在风雨中晃动，无助而强韧。没有依靠的树木或折断或倒伏，被连根拔起。雨水强劲扫射着城市的每一平方厘米，风雨中的街巷显得那么陌生，根本看不到大地在哪里。远处的闪电光芒瞬间照耀了城市的虚空，那种灰色的、惨白的、无法辨明的天空终于亮了一下，像火焰或者刀锋一样一闪而过。但这毕竟是活的生命现象，除此之外，再无参照物。“那种柔软遍布的地方，往往是生命的温床，而岩石之上，没有花朵。”我们生活在岩石之间，是绝望的野草。

二

节气是令人敬畏的时间分割法则。立春的时候，大地还是一片死寂，稍向阳的暖坡处，树梢已经在绽放细弱的新芽，而公园深处，蝼蛄突然惊醒了，间或鸣叫一番。街区的树看不出任何变化，被冬天的风摧凌得半死不活，树叶多是半枯黄的，沾着厚厚的积尘，落叶树反而显得疏旷而有致。南方的冬天总是显得不太正经，像秋天延续，或者是春天漫长的序幕。不太明显看得出有霜雪的变化。钻人的风才会让人觉得，这就是冬天，可是，突然间，就立春了。阳光起得更早了，从东南角的楼宇间突然就闪现出一种明艳的亮光，一丝暖意刹那间像波一样传递，街区的空中，灰色的霾渐渐散去，混沌的积尘和烟气被风吹散，那种略带湿润的风让人神情振奋。南方的春天也是这样不太明显地来了。日历上两个字提醒我，今天立春。“一候东风解冻，二候蛰虫始振，三候鱼陟负冰”。东风来得明显，东窗上的花草开始摇晃，像庆祝某个事件的发生，蝼蛄始振，摩翅振羽，夜里，有虫声柔和地响起，渐渐地汇成虫声的海洋。螽斯、黄蛉、蜡翅蜇蛉、马蛉纷纷钻出穴居处。花盆里有拟叶黄竹蛉钻出来，带着一个冬天的倦容，怯生生地爬到柠檬花的枝梢，试着扇动麻木的双翅。声音是脆生生和羞怯的，偶尔才有它亮而惊人的嗓音。当阳光照到阳台时，它已经不知去向。花盆里的草也开始钻出头来，三叶草簇集着，抢占着空出的盆土表面。叶芝的诗句：“三叶草挤满了小径，春天将橡树子敲下来，做了它的伴侣。”前年，我去了女儿读书的荷兰代尔夫特市，那是个河流密布的小村镇，宁静安谧，人口不多，尼德兰人生性爱自然，爱鲜花和绿树。所以，这里虽然靠着海边，经常刮七级以上的大风，并且这里地势低洼，河水全靠风车带动而递级倒升流入通往北海的总排灌渠内。代尔夫特市内的房子，除了教堂以外，基本都是北欧那种有着高耸屋顶的三四层楼房，街上铺着黑灰色的石头砖，留着可见泥土和草的缝隙，春天的时候，随时可见草从缝隙钻出来，随意长成风景，清洁工通常不会拔去这些野草，除了重要的街道外，总是设法保持那种最原始的自然状态。河水不太清澈，却很干净，市民经常举办这样那样的活动，在仲夏节来临时，除了音乐和舞蹈的狂欢外，就是在河里比赛游泳了,各色男女,不分年龄,均可参与。河岸上,有穿着中世纪服饰的尼德兰人和民族服装的日耳曼人,跳着恰恰舞或者狐步舞。有侍者打扮的男性端着啤酒扎杯在人群里走动,提供着可口的鲜啤酒。正午时分,在街边临河的椅子上小憩,树荫下,凉风阵阵,感觉这里的夏天有些梦幻,像福州的春天。海风是突然强劲起来的,下午通常会下一通阵雨,那天忽然就阴下来,狂风大作,河水仿佛沸腾般翻涌。雨下得像福州的雷阵雨,雨箭白生生,砸在地上,草叶乱颤,树叶翻舞。这里的树多是梧桐树和橡树,也有一些是榉树和桦树。全都长成伞状,巨荫蔽天。而荷兰教堂附近却很少树,只有花坛。广场在教堂的大门口外,一溜过去,是小集市、咖啡吧或者供市民活动的小圆形舞台。

在河边不时碰到野鸭子排着队,从容地穿过街道,此时,所有的人或者车,甚至是火车都必须停下来,给它们让路。野鸭在这里几乎毫无生命之忧,没有天敌,没有鹰或者海雕,没有猎枪或者猎网,也没有毒饵和陷阱。海鸥不时充当着强盗的角色,特别是手里拎着刚从超市购得的鲜鱼海产品的市民,要留意从天上突然冲下来的强盗,那些北极灰背鸥极为强悍,往往连鱼带袋子一起叼走,还让你吓出一身冷汗。它不无得意地扇动着翅膀,从你的头顶迅速掠过,向远处疾飞。女儿曾经碰到一对松鼠夫妇,它们看中了她手里的松子烤面包,那香气让松鼠心急火燎,于是跳到她的自行车上,直接将面包扯下一大块,然后迅速逃走。女儿拍下那对松鼠夫妇的滑稽模样。可以看到,当地动物与人之间的关系是何其平等,亲密无间。荷兰的桥多是活动的桥,没有高的跨度,都与路面平齐,只是桥中间是可以转动九十度的大转盘,当大船经过的时候,桥就会顺着河流的走向转过去,让出一条道来,让船只通过。而所有的车和人都会耐心地在桥头等着。一切都慢悠悠的,时间从容地在这里流淌着,几乎看不到谁着急地揿喇叭催促前车。自行车是这里主要的交通工具。平时,安逸的尼德兰人在工作的闲暇时光,骑着自行车,沿着水坝的窄道骑着,一边听着音乐,或者不时将手里的食物投给鸥鸟,但这仅限法律允许的投喂食物。水坝是坚固的钢与水泥墙的结构物,而表面却是泥土箱,种着花草。荷兰的水质偏盐,只有耐盐的水草才能在这泥土箱里生长。有灰蓟和薄荷,还有荷兰香芹以及马鞭草等。坝内侧是向日葵地,也是耐盐植物,在野藿香隔离带外,才是正规的农田。全是机械化的工厂式生产,有鲜切花和土豆、苦苣和西芹等常见植物,在南荷兰一些地方,才有麦田。

立夏时节,这里依然是凉爽如春的气候,天空偶尔飘过一阵雨后,云就散开去,像棉花一样白得醒目,而天空已经擦拭得像水晶一样通透,那种蓝色是大自然最原始的颜色,小时候我也曾经熟悉这样的蓝色,只是现在,夏天的天空也总是弥漫着一层灰色的物质,让那种蓝打了折扣。

三

立秋的南方,总是在一种莫名的沉寂里悄然降临,节气的变化不太明显,唯一的变化就是日影南移,背阴的地方生出一些凉意,虽然很不明显,但已经不再是夏天时的沉闷和炎热。凌霄花会爆满枝头,还有米兰或者是九里香,大叶榕偶尔会绽出新的芽梢,让这样的初秋变得暧昧不清。在乡下,这时候开始要着手酿米酒了。稻子收上来,碾成米,米香在乡村的街巷里飘远。冬酒的酝酿就是日程里的重要事项。新米需要在烈日里曝晒几天,直到米缩成透明的玉状,然后在一个磨砻里筛上几小时,让米胚芽全掉落干净,那米简直就是玉雕了,一粒粒通透可爱。这米下桶里淘洗干净,上蒸屉里蒸熟,然后倒入酿缸里初发酵,放入酒曲,经过一夜的发酵,米团渐渐液化,浓郁的酒曲香气四溢。然后是深发酵两天,封缸口,上蒸笼杀菌,再出笼放置在阴凉的地下酒窖里存放到秋天。在这接下来的数月时间,缸里的米曲继续发酵,糖化并转化为酒精,而酒曲变成了橙黄色的酒色,直至所有的米糟全化为液体,只剩下少量的不可溶物, 沉淀在缸底。酒在幽暗的地下室里感受着外部的阴阳变化,阴气渐滋,阳气渐衰。夏至那天,窗外会传来一阵伯劳鸟的叫声,此鸟善感阴阳之变,夏至三候:鹿角解,鹿为阳兽,知阴至而解角;蜩始鸣,蜩者,潜阴之物,出土感阴之至,始鸣;半夏生,半夏喜阴,感阴之至而生。到了立秋,又是三候:凉风至,白露降,寒蛰鸣。地气始凉,而西风生,终日风至,扑身觉凉,雨泽渐多。露生于草木,色白,示秋之为金。寒蛰,寒蝉,小而紫,类蜩,生于夏末,声嘶长而绵软无力,似无奈,似留恋,其声多凄怆,以增秋绪耳。

伯劳在古人眼里是不祥之鸟,叫鵙。《诗经·豳风》云:七月鸣鵙。元吴澄《月令七十二候集解》云:“曹子建《恶鸟论》:百劳以五月鸣,其声鵙鵙声恶,且其猎物而曝尸,叫声令人不快。”伯劳却是气候最忠实的信使,夏至鸣,冬至止。此鸟单栖,立于棘丛,无论逮到什么,昆虫、蛙或者蛇,一律挂在尖刺上曝尸,无鸟敢近之。乡村广袤田野,伯劳像影子似的出没,飞则不过山冈,远不过河林,声凄厉而警醒。近来城市里也出现了伯劳的身影,以其善盗他鸟之雏以为食。伯者,首也,劳者,力也。农村人喜欢它的缘故跟它善于驱雀有关,稻田里有伯劳的身影,麻雀们都远远飞遁,而果树上的害虫甚多,步甲、钻心蜓蚰、蠨蛸和蜩都是它的捕食对象,甚至是细小的钻果小蜂、小果蠹和金龟子它都列为食谱。农村人称之为客鸟,因为冬春不见。秋冬之际,田野渐荒,枯玉米秸、干稻草垛和空旷的田野上,实在没有多少可供捕掠的鸟虫。伯劳依旧忙碌着,直到冬至,渐消失无踪。霍顿《鸟杂论》里说:鸟的存在,其实就是时间存在的另一种方式。没有了鸟鸣的世界将是多么可怕,哪怕它的声音不太好听,它提醒着一天的某些时候,多么重要,像鸡鸣以纪时。冬天,田野终于归于安谧,如人一年之冬息。而酒窖里的米酒已经酿成,开冬节就是以酒来开场。在闽北某些山村,冬天不会平平淡淡地出现。酒香提醒着冬天的另一种方式,酒满香溢,各家将酒送到村里的谷场,集中倒入一口大桶里,混合成一种酒,然后各家再从桶里将酒取回,放在谷场边让人品尝,抢酒节像乡村的狂欢节。酒红色的大地上,流淌着洒下的酒汁,像血液一样在阳光底下亮着红色。酒香里是村民们的激情在升温,直至沸腾。

伯劳穿过我的村庄
季节被撕裂、纷飞，像芦花飘散
什么心事像酒一样浓烈？
我拾起落叶，想还给大地
像古代的献祭之礼
以我的血或者肉躯为菹醢
供给大地

红色是一种血的颜色，是秋天撕裂的伤口，是伯劳鸟在肢解猎物，那敞露的肉体深处，是季节无声的音符。因此，古人称节气七十二候令，是史诗般的描述。我相信，每一个节气之间，都是大地无声潜行的足音。因此，我敬畏米酒的红，以及米酒本身，它是古老的仪式，是季节的悲歌。当万物不再繁茂，当秋风凋殒一切生机，我怀想并敬畏这一切的过程，像伯劳鸟对着猎物的尸体悲歌一样。

四

我敬畏生命里的一切现象，包括生与死。大前年父亲病故，在去世的头天晚上，我们环绕在床边，他半躺着，枕着棉被。屋里是死神匆匆的身影，我感觉得到他的来临和他兴奋的叫嚷，甚至手舞足蹈，他期待着父亲最后的时刻。父亲一直喘着急促的短气，他似乎想说些什么，其实，父亲平时就不太爱说话，他总是沉默以对，独自看着电视，嘴角露出莫名的笑。父亲突然像如释重负般长出一口气，却再也没有吸进去一丁点儿空气，他的手软下来，无力地垂在床边，他的头也无力地垂下来，歪到一边。房间里的空气也死一样凝固了。我们忙着给他洗身子，他的心口还有余温，我将脸贴向他的心脏，但已经没有了任何响动。父亲睡着了，他太累了，将永睡不醒。这样的告别显得十分残忍，但我知道，任何人都有这样的时刻。我抱着父亲的身体，让姐姐擦拭着，然后穿上寿衣，再让父亲平躺下来，他已经不再被病痛折磨，也不需要与困难的呼吸抗争，他跟着死神走了，没有足音，像一阵风一样。在接过骨灰坛的时候，我的心突然揪了一下，重重的，眼前发黑，几乎趔趄，父亲竟然变成了这样一堆骨渣，它在灯光底下像象牙一样米黄，发着柔和的光。我轻轻盖上了小锦缎被，合上坛盖。我抱着骨灰坛子走向送葬的车厢里。

天空依旧蓝如洗，阳光耀眼，刺痛我的肌肤。我紧紧抱着父亲的骨灰坛子，它还有着烈焰后的余温。上山的路多么崎岖，荆棘刺穿我的肉体，我感觉怀里的父亲很慈祥，他还在睡着，像婴儿似的，他要回去了，回归大地，那是他永恒的归宿，也将是我永恒的归宿。后来某一天，与朋友上鼓岭，寻到一处棺材石，称椁石台。他笑说，生如此寂静，死也当归石台，他把死当成是对大地的献祭仪式。我想到甘孜的色达嘉措，我参加了他叔叔的葬礼全过程。他叔叔被捆扎成白色的柱子，在焚化后的回家途中，我们念着经咒，在驴车上看着弯曲的山谷底淙淙的河水，以及陡峭山崖边上不时出现的鹰的身影，经幡在风中猎猎响动。大地如此安静，甚至可以听到每一次石子被碾压后弹飞的脆响。

我们坐在草地上，向空中撒着青稞面粉和达隆，经呗声像嗡嗡响的山风。白色的骨灰坛子被放进神秘的祭台后，那里是他们的先人的另一个村庄。这跟我们的后山几乎有着相同的意义，那是我们先人们再次重聚的村庄。蓝得发暗的天幕底下，我们在阳光里成为岩石的一部分，沉默之后，我们与他们告别。山风猎猎，那失水多年的岩石上，多了些我们刚才洒下的泪痕。大地向远处延伸，绵延不尽。每每触及大地的胸膛，我仿佛在与一个伟大的母亲私语，那是每个人的来处，是万物的来处，也必将是我们，以及万物的去处。

万物柔软
深入大地
没有原因的发生
跟没有原因的消失一样
不需要做解释
希望得到答案
没有，一切都归虚空
一切生和一切死
都同样毫无意义

《散文》2019年第11期首发

赵瑜

一碗乡愁

一、与故乡的关系

乡愁是一种什么样的心绪呢？很难准确地称量。乡愁是轻的，轻如流水的声音，或者是麦田里的几声欢笑。而乡愁又是重的，沉重到一粒麦子便可以压垮一家人的身体。那些忙碌不堪的夏天并无多少诗意，苦难累积出来的收获，仅仅够喂饱我们的半个童年。那另外半个呢？正饥饿地在田野里奔跑，寻找野果子。

然而，乡愁就诞生在这种有些酸涩的语境里。那些汗水湿透了的日子，那些收割、播种，以及在泥土里埋下的种种幻想，被时间晒干，成为一些扁平的名词，变成了父母亲口中的"收秋时"和"夏忙时"，成为一种食物煮熟时的味道。

这些乡愁的分类分别是：泥、锄头、打磨、收割、堆积、炊烟、盛开、捡拾、成群结队的吼叫、劳作、不堪、欢喜、尘埃、戏剧、冰棍儿、露天电影、河流洗去的争执……还可以再列举下去，几乎，每一项劳作都是一节又一节教育课。

食物是乡愁的来源。每一次看到手工做的馒头,便会想到母亲在厨房里忙碌的影子。不论我在城市生活多久,这些乡村记忆都不会减少。它们像是被压制好了的标本,就储存在我记忆的某个抽屉里。

这样的抽屉里一定还存着一碗手工面条、一碗玉米糊。

当然,还有冬天的月光和夏天的狗叫声,有慢的一切,包括时间,包括流水的速度、鱼的样子以及我们永远也走不出的乡音。

故乡分配给每一个人的东西都是相似的。食物塑造了我们,也拘囿了我们。食物温暖了我们,也占有了我们。

每一个从乡村走到城市的人,首先要战胜的是乡村塞给我们胃部的记忆,这些记忆便是乡愁,它们顽固,而且充满了我们记忆的角落。这些乡愁,通过我们和食物之间建立起来的关系,抵制着其他我们并不熟悉的食物,我们被这些乡愁捆绑着,我们依赖这样的乡愁,我们喜悦于这些熟悉的味道,就像依赖父母亲对我们的爱一样。

乡愁里有我的亲人,我的父亲、我的母亲,以及我的哥哥。也有我的乡邻,无论离我多远,他们都在塑造我。

一想到他们所关心的事情,我的世界便被平均。我是由我的现在和我的过去组成。同样的道理,他们也是由他们的现在和他们的过去组成,我的过去和他们的过去是在一起的,这无法回避。我的过去和他们的过去像一团泥泞一样。可以说,我最为无知的童年是叙述的一种侧面,也掌握在他们的叙述里。这种像数学逻辑一样清晰的关系,佐证了我和我的故乡的关系。

有时候也会庆幸我对故乡的摆脱。是的,离家乡的距离越远,越能看清楚那种束缚。我曾经在很多篇文章里赞美过我的家乡。中间有几年的时间,我真想给过去的自己写一封信,收回某些赞美。尽管我知道,在过去的某个时刻,我的赞美也是真诚的。

我为什么想要收回我的赞美呢?其实,家乡并没有大的变化,那些世俗的、庞大的乡情,以及并不让人愉悦的势利,都在我的记忆里盘踞着。只是,在很长一段时间,我并没有意识到它们的存在,又或者,即使我意识到了它们的存在,但是,我还是会说服自己,去适应甚至包容这样的不堪。

又过去了这些年。这些不堪尽管在我的眼里已经非常清晰、量化,甚至增长扩大了触角和范围,我却没有再过度地去渲染它们仇恨它们。不是我变得混浊了,而是,我理解了我个人的来源。我的正确里也包含着我对自己的来源的认识。我所要批判的事实,并不是一个又一个百分之百的独立的错误,它们和熟人社会的各种规则融化在一起,我要批判的,是人性中的部分混沌且暧昧的东西,而不是全部。

厘清这些如同细胞一样的认识和判断，耗去了我无数的时光。我开始本能地亲近一切和故乡接近的食物。这些食物是没有人情世故的自然风物，它们负责教育我，让我在遥远的城市居住时念起故土人情的温暖。我不再是那个不懂事的年轻人了。

只有在这样的语境下，我说出来的话才可信，我对故乡的想念才真挚。

二、我生命的组成部分

去年深秋，带一群友人回我的老家，去一个亲戚的红薯地里。已经下了霜，红薯的叶子被霜打过，像是一群失恋了的鸟儿，沉默低调。

我的老宅里住着邻居，可是邻居去地里干活了，我们进不去宅院，那院子里有我全部的童年，进不了我就没有办法打开来给友人们看。

在院门口站了一会儿，有邻居过来用我的家乡话说了几句，由此，我彻底回到了我的村庄，不仅仅是语言，还有身体和思想。

我需要和邻居们说话，这样我身体的磁场才能借由他们的问话彻底摆脱城市的逻辑。我进入他们的关心里，和他们聊起相熟悉的人最近几年的变化，以及住在我们院子里的邻居今年种了什么庄稼、为什么这个时候去地里干活。

带着几个城市的朋友回到我的村庄的时候，我感觉到，那些住在村子里一辈子也不离开的乡邻妇孺，其实都是一株一株的庄稼。他们是故乡的证物和药引。

只有在这些乡邻面前，我才能真正地取到记忆的密码，回到我的旧时年华。而我与故乡的关系，正是由旧年月具体的食物、月光和路上遇到的猪马牛羊所构成。

我没有办法向我的友人介绍这些乡邻，因为他们并不关心这些邻居在我成长过程中的细节。我也没有办法向我的友人介绍我们村子里的树和牛羊，因为，树大多已经不是我幼年生活时所看到的树了，牛羊更是。我能向他们介绍什么呢？

食物。

一碗面。一碗不同形状的面，不同食材的面。一碗面里装着我的过去，也装着这片土地上的审美。一碗面是法律，也是文明，是秩序，也是欢娱。

还有红薯，还有花生、大豆，还有呢，还有泥土里长出来的一切。这个世界用食物的形状告诉我们世界的真相。真相是什么呢？我们最终所看到所享用的东西，都是对世界的再次理解。

进入城市以后，我被各种各样的新闻、面孔、事故以及食物拓展,我成为我自己的陌生人,我变成了两倍的自己、三倍的自己、四倍的自己、五倍的自己、六倍的自己、七倍的自己、八倍的自己、九倍的自己……这些积累多和判断、见识有关。然而在食物的选择上,不论我多么标榜自己是一个喜欢吃各种食物的人,只要有馒头这个选项,我就会立即放弃米饭,只要有面条,我都想尝试一下。

我是在每一个馒头里找寻我自己,也是在每一根面条里找寻我自己。

三、无辜的故乡食物

如果我们离开故土,那么,许多恒定的东西都会被外在的世界要么印证,要么打破,要么扩充,要么就直接被否定。那些起源于故乡的价值判断,总会遇到陌生的事与人,让我们不知所措,该如何扩展自己呢?我们自然会想起在故乡时的做法。这就是一个人一生不断地回到故乡的原因。不是我们的身体,而是我们的思想、我们的认识。

故乡用食物绑架了我们的身体记忆。一直到多年以后,我们才会理解,为什么有些食物牢牢地占据着内心里对世间所有味道的判断。

相当长的时间里,我把这些食物归结为我们对母亲的依赖。

后来,我有了更多地域的行走,吃了更多类型的菜肴和汤水。我把这种对故土食物的依赖归结到生理的惯性,以及血液的根本。

最开始,在我们的身体运行的生命本源时,吃到了什么,什么便是我们身体的密码。

再后来,我放弃了探究我与故乡的暧昧关系,我甚至觉得,每一个人的生命元素中,最初的那些记忆都是种子。我们注定与其他人不同,是因为我们对世界的理解在一开始便有了细微的区别。有了这样的妥协, 我基本上不再纠结故乡食物对我们成长和认知的阻碍。是的,不论我们后来变成了什么样子,赋予我们生命最初形态的食物并没有错。

错的是什么呢?是故土的狭隘。食物不会强迫我们表态,食物不会主动要求我们必须要热爱故乡的食物,是故乡的人,是故乡的一种自卑的同理心在这样要求。

我见过无数个痛恨自己故乡的人,他逃离故乡,拒绝食用故乡的食物。事实上,他们痛恨的是一种单一的食物造成的侵害。故乡的食物有很多,他痛恨的是在他需要食用的时候,因为短缺而只能选择特定食物的情形。比如我的母亲,自从我记事以来,从未见她吃过红薯。在她成长的某段时间里只能吃红薯,这样的饮食记忆伤害了她。而在这样的语境下,食物其实是无辜的。

我也曾经痛恨过一些故乡的食物。比如,我曾经很反感红薯叶子, 因为母亲在煮面条的时候经常用红薯的叶子代替青菜。那时候,我们家的猪羊和我们一样,也是吃红薯叶子。虽然当时并没有比较意识,但是在我的幼年记忆里,总觉得每天和猪羊吃一样的红薯叶子不是什么骄傲的事。

故乡还意味着疼痛与抚摸。那些浓稠的黑夜,那些重复的鸟叫,那些让人无法忘记的饥饿与寒冷,都是故乡刻在我们身体里的刀痕。

一度,故乡的主角是母亲,或者说,是母亲的食物。后来,随着父母亲离开家乡,故乡逐渐变得模糊,模糊成地图上的一个圆点,模糊成填写籍贯时的地名。

每一个成年人,在说起故乡时大多指向自己的记忆,只有在其他几个有共同记忆的人面前,对故乡的描述才足够可信。然而当向城市里的友人们描述故乡时,我常常觉得一片空茫。是的,参照丢失了。我的故乡那么庞大,它们储存在我的味觉里、听觉里以及我的内心里。该如何简化故乡?又该如何准确地将这些内容剥离、挑拣,最后成为几个光亮的词语?

我并不喜欢简化,我总觉得,准确,一定意味着驳杂。

我的故乡仿佛和我的现在没有关系。在我的意识里,十八岁出门远行,一个成年人的身体游走于各个地方。故乡只停在了早年的记忆里。

故乡只属于童年,成年以后,人只有精神的故乡,没有身体的故乡。因为成年以后,人的身体便有了多面性,可以接纳故乡以外的所有地域。

我的故乡其实就是幼年时的村庄,是村庄的万事万物,是村庄里的每一个人、每一条路。

我的故乡不只是节日和庄稼，还有一个又一个院落里冒出来的炊烟,以及炊烟里传出来的每家每户的饭菜的味道。

故乡总会从热闹的生活现场回到厨房,回到食物,回到一碗面条里。

有时候,我会用想象描绘我少年时的村庄。如果烧火做饭,那么全村的人都差不多同时进行。如果说在中午的时候吃面条,那么进入村里任何一家,都能看到母亲在案板上擀面条。

有一次在吃饭的时候,我跑到对门的赵四家里,赵四的妈妈水生嫂子正在下面条。我又去了西边的邻居桥子哥家,他的母亲菏泽大娘也在下面条。

而我的母亲自然也在厨房里下面条。

最重要的是，我们的父亲差不多同时从南地里锄草回来,甚至,他们回到家里所做的第一件事情也都差不多。

这样的人间烟火,既重复,又充满了确定性。这样的记忆一点一点地绘出了我的故乡的单调与丰富。故乡那么思路明晰,它们在每天的面条里,在每天的欢喜与悲伤里。

每一次在文字里写下“故乡”这两个字,接下来,我一定会写到面条。每一次在文字里写到面条,那么,接下来,我一定会写到母亲。

我无法改变这些,就像我无法改变我的出生地一样。

四、乡愁的简化过程

我想，我需要重新阐释一下乡愁如何从我的满腹心事简化成了一碗面食。

正如雷平阳在一首诗中这样写道：

我只爱我寄宿的云南,因为其他省我都不爱;
我只爱云南的昭通市,因为其他市我都不爱;
我只爱昭通市的土城乡,因为其他乡我都不爱

我的爱狭隘、偏执,像针尖上的蜂蜜
假如有一天我再不能继续下去
我会只爱我的亲人——
这逐渐缩小的过程
耗尽了我的青春和悲悯

爱如果越来越狭窄,那么只能说明,我们的爱越来越深。

青春期的爱,泛滥,并不执着。那时的我们,热爱眼睛看到的一

切,一切颜色、一切声音、一切热烈、一切陶醉。青春的热爱总像是虚拟的,这些欢喜也好,热爱也好,并不落地,停在纸上。词语可以透支,感情随着租住的地址而变化不定。有时候,一场大雪便将之前的愁情烦绪覆盖,诗稿被烟灰烧破,就此散场。

我更信任借助于食物表达的乡愁。所以,乡愁必然会停泊在一些事物上。鸟叫声是靠不住的,因为,在深夜的时候,我们只听流行音乐。

如果一开始,故乡是一个村庄的名字,那么后来,便成为一个乡镇的名字,再后来,是县城的名字,再后来,是城市的名字,再后来,我的故乡成了一个省份。

这种变化和我距离家乡的远近相关。在海南岛生活的几年里,我的身份一直是“大陆人”。连“河南”这样一个省份也被省略了。

相反的是,当我的故乡范围变得越来越大的时候,我想念的事物却越来越少。

当我在小镇上念高中的时候,我的故乡是一个村庄,是一本丰富的地理书,是我的大多数人生内容。到了海南,我的故乡变成母亲的一个电话号码,变成春节时的一张机票,甚至变成了春节后返回海南岛时体重的变化。

故乡的丢失和一个人内心的变化有关。如果一个人的精神成长速度过慢,那么,故乡便不会丢失。故乡会占据他的内心很久。一个长期依赖故土的信息对世界进行判断的人，说到底是一个精神的保守者。不好判断这样的保守对一个人来说究竟是好还是坏。

但是,世界是变化的。

每一个人都应该扩大自己的认知范围，如果非要用家乡的一切词语来表达千里之外的世事,那么,我们很容易就会发现语病。

不只是经纬度的变化,温度、海拔、自然风物以及民俗,还有历史的不同。故乡的历史是黄河流过那些土地后书写的历史;我所在的海南,又或者你所在的东北,再或者他所在的西部,这些地域的差异,差不多将故乡的词语全都否定。

那么,这个时候,我们该如何描述乡愁?

我们只能将自己的故乡和他者进行比较,进行梳理,进行交集分析。那些我们最为关切的内容最后剩下来,成为乡愁的重要内容。

首先被抛弃的乡愁是家乡的戏曲。

其次被抛弃的乡愁是对家乡方言的敏感。

再次被抛弃的乡愁部分是方向感。

随着时间的叠加,一个远离故乡的人,渐渐丢掉的乡愁内容分别是衣物的色泽、庄稼的生长细节、嫁出去的亲戚的音讯、晚生的孩子的名字、乡村新修的道路的样子以及有了机器以后的食物味道的变化。

乡愁里剩余的东西越来越少了，还剩下母亲用缝纫机匝的花纹好看的鞋垫，鞋垫破了以后呢，便只剩下母亲做的手工面条的味道。

母亲的那碗面条，从我们记忆深处出发，一岁一岁地长大，永远不会改变。那一碗面，不只是麦子的成长、面粉和水的混合，而是爱的全部，是我们身体最初的记忆，也是最后的记忆。

每一次在文字里写下“故乡”这两个字，接下来，我一定会写到面条。每一次在文字里写到面条，那么，接下来，我一定会写到母亲。

我无法改变这些，就像我无法改变我的出生地一样。

这不是我的重复叙述，而是说，作为一个北方人，关于面食的记忆，它一定来源于母亲，它只能来源于慈悲，来源于我们内心深处的寻找和停泊。

《散文》2020年第6期首发

孙一圣

少年记

散文 ESSAY

少年没有尽头，大梦毫无边际。前路总在咚咚直响，就像我走在前头。

年年归家，我老缠着爷爷讲以前的事，爷爷不负重托老讲一件事，同一件事他回回不重样。爷爷太老太老了，九十总也有了，总把记忆也搞混。料不到，我才三十出头的年纪，已经高过爸爸妈妈生我的年纪十年了，那我也记不住以前了，却总有一个梦令我难忘，我再也梦不见少年大梦了，这梦不止一回，可以另作《巨人传》了：第三次世界大战爆发于我的梦中，一并波及我们小小村落，我伏于土墙根下瑟瑟发抖，恐怕下一秒就要被捉了，灰尘簌簌地落。硕大的脚步，一步一步，把坚实的大地震得像波纹一样发颤。巨人攻进来了，巨人在筛查每一个漏网之鱼。这等恐惧的氛围下，每当巨人轰隆隆走来，我便准确无误地醒来，从没见过巨人巨大到什么样子。

甚至我也记不得我住哪里，爸爸妈妈热衷搬家，他们把家搬离孙海村,搬到申楼镇上。又从镇上搬回村里。再从村里搬到镇上。好像我的家既不在孙海,也不在申楼,只在路上。我一睁眼愣在村里,一闭眼睡在镇上,好容易打个盹,睡醒了天就黑了,大老天上漫天星星,我躺在躺倒的空空衣柜里,衣柜躺在地排车上,爸爸在前面拉着车, 妈妈在旁扶车, 见我醒了就塞我一包纸包的青岛钙奶饼干。我把饼干咔嚓咔嚓吃得簌簌掉渣,仰头看着天,天也不老实,晃晃悠悠,星星忍不住也闪烁。我就闭上眼睡不着,等待地排车拱上咯噔咯噔一板一板石板桥,过了桥就到孙海村了呀。

爸爸妈妈不但爱搬家,也热衷发财。

我上初中,也就 1995 年附近,爸爸妈妈奔赴菏泽城市,期许发财万贯,毕竟种地的收成实在少之又少,吃饱可以,生活却难。爸爸告诉我世人都说农民热爱土地,那是扯淡,都是没法,但凡有点头脑谁个不想逃离土地呢。从我有记忆来,除去农忙季节,爸爸妈妈做过很多生意。他们没有一技傍身,做什么都现学现卖,他们卖过布匹卖过衣裳卖过馄饨开过代销点开过饭店理过发卖过树卖过鸡卖过羊卖过驴,背着我卖过恐龙也说不定。记不住哪年冬天,爸爸从温州进来一卡车凉鞋,妈妈骂他脑壳坏掉了。爸爸的想法可美:冬天进货凉鞋便宜嘛。妈妈说也没见便宜几何。这两个家伙把我房间腾出来,搁进厨屋。乡镇村里很多厨屋均是临时搭建的棚子,屋顶连青瓦也配不上,遮个塑料布草草了事。厨屋处处漏风,好像是花钱买来的漏缝, 妈妈找来许多棉花查缺补漏。厨屋除却锅碗灶具,绝大空间堆满粮食,无非陈年小麦和玉米,一摞一摞,顶到椽子,好像厨屋只是粮仓的一个小小器官。这样一个地方,出没最多的是啥子?老鼠嘛。每天晚上我都会被老鼠惊醒很多次,它们吱吱嘎嘎好像在商量花多少钱购买粮食。一毛一粒麦子,两毛一粒玉米,比人类出价贵多了。我屡屡告状爸妈,他们忙于发财(却欠了一屁股债),根本听不见我。妈妈总说厨房好啊厨房多好还有灶神陪着你。我不置一词,心想这哪路神仙啊,这般不开眼,敢与老鼠争先锋。我的房间则堆满凉鞋,男人的女人的,男孩的女孩的,窗户堵死了,一开门凉鞋们抢人头一般哗啦啦掉一串。这些凉鞋没完没了,卖了三年也没卖完,干渣渣的,也欠雨水滋润。后来许多年,好容易把凉鞋处理干净,妈妈每回收拾屋子,说不定就从床底下或者沙发底下惊愕地拎一只凉鞋出来。这些鞋子,单兵作战,像老鼠一样乱窜,呆呆的样子仿佛它们犯了错,仿佛它们不该穿过国界,从厨房千里奔袭,逃窜而来。

这个经历是搬到镇上以后发生的。房子就在申楼卫生院门口,爸爸事先与卫生院院长说好,加墙盖瓦,一夜之间起了一座小庙一样的六间小房。为了省砖,房子后墙是卫生院的院墙,我的这个家,申楼卫生院的外墙的延伸,好像多年良家,一夕变作妖怪,长长了两只胳膊,面条一样缠满稼穑。

有一年,可能是申楼卫生院人事凋零,马院长补我爸为编外会计,专事算账。爸爸不会给人看病,掰着指头算账是把好手。卫生院因为人少房多,马院长让我住进三间空置的会议室,于是我搬离厨屋,住进了豪华会议室。马院长搁会议室一角铺了一张单人床,正中央则是硕大的会议桌(躺倒上面打滚撒泼也不成问题),周围紧紧围困几十张办公椅。长达一年时间,这就是我的卧室。躺在这个空空飕飕的地方,我跟我爸说我害怕。我爸学起了我妈:“会议室多好,既大又敞亮,足球场也不过如此,况且还有伟人陪着你。”会议室的四面墙上挂着五大伟人的巨幅画像, 夜夜我都在伟人们慈眉善目之下安眠,以致我搬出会议室很长时间不敢闭眼。

马院长提携爸爸做会计的两年,正当疫苗注射红利时期。我根本没有印象, 只记得爸爸每次带领卫生院的医生们去我们小学种疫苗。我次次跟着胆大的孩子们越墙逃脱,我刚翻到墙头,轻薄的阳光也才露头,我就掉不下去,活像掯墙,屁股撅在上头,兴致勃勃,幸好爸爸擅自救了我,大手轻轻一拨,拎了我回来,把我胳膊一捋,头一个结结实实挨了针。我就哇哇大哭,爸爸才不管,不论死活,把我往边上一抡,揪住下一个李红艳。当我长到与爸爸这般大的时候,爸爸告诉我,他是个傻子。爸爸就是祥林嫂,他说:我真傻真的。爸爸一心想发财,他这一辈子唯一一次发财的机会却给他指缝里悄悄溜走,三十年后他才醒过味来,而且他也因此吃了这辈子第一次闷亏。因为打疫苗奉行国策,人人必打。这是多少人呢,大把大把的钱流进医院,作为医院会计,每笔钱都流经爸爸的双手。关键是这些钱是没数的,马院长也从不管理,爸爸上报多少是多少。每天看着白花花的银子过了他的手,这只该死的手啊,爸爸说这只该死的手啊竟然傻到没有伸出去捞一分钱, 真是不思进取的一双手啊。“要搁现在能捞多少便捞多少。”爸爸搓着手说。我猜爸爸也只是说说,要搁现在,这个胆小鬼依然伸不出他的手。可能这也是马院长要爸爸做会计的缘由,他多老奸巨猾,爸爸这个孱头怎能逃过他的法眼。因为流水太多,爸爸招致旁人嫉恨,而且不止一个。终于,祸从天降。

马院长有两个女儿一个儿子,大女儿十八岁,十分美丽,可能因此叫马丽。二女儿十六岁,豆蔻芳华,可能也因此叫马芳。他的儿子叫马膨,他是吃泡沫长大的吗？可能因为名字他才膨胀,才不过十二岁,实实在在是个胖子。当时正处严打末期,背后有人举报爸爸不轨于马丽,男女之事嘛,永远人之污点。多亏马院长夫妇连夜密报爸爸,爸爸妈妈不顾安排我与姐姐仓促逃了。第二天,妈妈回来给我与姐姐做完饭匆匆就走了。长达半年,我与姐姐未见爸爸一次,即使妈妈回来,做饭也不多,更多是偶尔从门缝里塞些饼干给我们, 不顾我与姐姐扒着门缝大喊妈妈妈妈, 这个心狠手辣的女人,头也不回,掉身便走。

待风头已过,爸爸原样归来,再也没掺和卫生院的任何事情。很快,我们又搬回村里。马院长夫妇不辞辛苦,常到我家串门,从不空手,不是水果,便是糖茶。爸爸却再也没有登过他们家门。马院长夫妇曾三度向爸妈提及要把我认作干儿子,爸爸始终没有松口。后来,马院长调离申楼,到普连集做卫生院院长。如今申楼镇被砍,一半劈给砖庙,一半劈给青岗集,再也没有申楼了,我也再没见过马院长他们一家了。我曾把这段故事改吧改吧写进小说《人间》里,糅进这个小说以后,这段故事就走了样,连故事他妈也认不得了。至今,我仍然认得月亮,认得那个夜晚,我在马院长家里看电视剧《西游记》,马丽给我削梨吃,刀工可好,果皮连环不断。看完电视,我被第一次出场的猪八戒吓得不敢出门,马芳把我送回家里。那个夜晚月光不亮,也没有多暗。走过桑葚树就快到我家了,马芳被一只黄鼠狼吓到了。我们两个害怕的孩子在灌木丛里发现一只蠕动的鬼。拎到家里,认出那是一只刺猬。第二天马芳来到我家,带来一块大大的西瓜喂刺猬,给它取名喵喵。第五天,喵喵被我们喂死了。

搬回孙海村不久,爸爸妈妈思谋要到菏泽市里做生意,马不停蹄便去了。爸爸白天去干活,妈妈夜里去夜市。两个人一个白工,一个夜工,同住一个屋檐下,永不照面。爸爸妈妈来回市里,从不搭车,只骑那辆永久牌自行车。一趟五十公里,要骑四个小时,很是奢侈。我跟爸爸坐自行车去过菏泽好些回,车圈轧过横截了柏油路的铁道就到菏泽了,下了车,我的屁股已非屁股了,那是一截枯木头。

有一回去菏泽,我是为治病。也没什么大病,无非体弱多病,不想上学似的。刚上初一,我就病倒了,惯性休克,小便失禁。妈妈不放心,把我拴到裤腰带上。二伯在菏泽市里官庄开一间小小诊所。爸爸常去与二伯说话,回来便带几包药给我吃。我不知道什么药,爸爸也不知道。我想二伯也不知道,因为没人知道我得了什么病。爸爸怀疑是结核,于我两岁时,姐姐也才三岁,妈妈曾经得过肺结核。当时于爸爸而言,这病是绝症,又易于传染,要治好,花钱是天文数字。我曾在笔记里记过这件事,现抄如下:母亲患了肺结核。父亲把母亲放在结核医院门口的树底下,去借钱。母亲让我别乱跑,她抬抬眼让我坐在她旁边。我坐了一会儿又跑开了。我跑得太远，母亲抬抬眼，摸一下手边的绳子，我便被拽倒了。我爬起来往回走。当我再次想要跑出绳子的长度，又一次绊倒了。冬日的清晨，还没有人，太阳也没冒头。薄薄的雾气挂在医院对面的树林里，有时候布谷鸟叫起来，惊醒了母亲。我累了，坐在母亲腿上，脑袋低垂，盯着对面的树林，说不定会有一只庞大的鲸鱼突然出现。我问母亲，鲸鱼什么时候来。母亲说，没有鲸鱼。我说，那有什么。母亲说，布谷布谷。父亲一路来到二伯家。他停在胡同口，没有进去。因为分家，二伯没给父亲留房子，他们已经三年没有来往。二伯出门远远望到父亲，走得很快，把石板踩得硬硬邦邦，似乎从第一个石板开始他们兄弟已经和好了。二伯来到父亲面前才发现自己是跑来的，三儿，咋了，有事？父亲说，是结核，得住院。医院就在母亲背后，也在我背后。我问母亲，会有鹿吗？母亲说可能吧。我和母亲盯着对面有阳光扦插的树林，我们坐在树下等鹿出现。我们不知道父亲正在回来的路上，他没想到回来的路要比去的时候长，也艰难。雾气越来越薄了，他想迷路，然而他没有。他的脚步沉重，两手空空。

爸爸确实没有借到钱，后来妈妈还是被二伯救活了。尽管二伯也没钱，他出了主意。当时二伯母的妹妹，正在西关医院做实习医生，二伯便托她从医院自购药材(便宜很多)拿回家给妈妈注射。这样妈妈既不住院，也不太花费。但结核是慢性病，需经年注射。不能长久住在二伯家，二伯也有一大家子要养活。爸爸便带着妈妈和针管药材回家，亲自上阵给妈妈注射。头一个月，爸爸扎弯了无数针头，妈妈也跟着吃了无数苦头，后面熟练了两人才舒缓下来。隔上一阵，药没了，爸爸再到二伯家里取。扎了一年针，妈妈的结核病才痊愈。爸爸带我去结核医院做穿刺，多亏不是结核，那也查不出什么病。我记得清楚，每隔一阵我便发病，一发病便休克，意识全无，醒来湿透全身，人却好多了。每每休克之前，我便在床上折腾，呜呜呼喊，没有大疼，只是难受。我说妈啊我好难受啊爸啊我好难受啊我难受死了老天爷啊我要死了我真要死了。我便死了过去。这是白天，妈妈熬不住便睡觉，任我死去活来，滚来滚去。只要我不真死了，妈妈才顾不上我，晚上的夜市还要等妈妈去呢。夜市是个好东西，每夜妈妈需要跑三场：傍晚在东方红大街卖童装；上半夜到南关体育场卖水饺；下半夜便去火车东站收酒瓶（很怪，菏泽火车站不单是菏泽人类流量最多的地方，也是菏泽人类喝酒打架的好场所）。爸爸还在上班，无从听见。我从来不知道爸爸在这个市里做什么活儿，好像他只在这个菏泽小城晃荡，便有大把钞票从天而降。直到一个白天，妈妈带我去二伯家，路过爸爸工作的地方，犹豫良久决定见见爸爸。妈妈没给爸爸带饭，也没什么事情交代，只是见见。妈妈等在路边。我穿过简陋的石棉瓦房，钻进一个洞，转角出来，豁然开朗，这是一片工地，许多人在干活。他们在盖楼吧，我数不过来多少层了。他们人人像穿了一身水泥做的衣裳，样貌也无二样。他们指指点点，谁家小孩。我说出爸爸的名字。他们认识这几个字，他们便喊：海山。听来豪气好似一座大山。看到那张脸我便认出他了，他扭过脸来，他不是我爸爸。我爸爸是个好吃懒做的混蛋，我爸爸是个肩不能担手不能提的废物，我爸爸是个偷奸耍滑的败类，这个人他不是我爸爸，他正驼着背提一袋搅好的水泥往天上送。好像天塌过了,天也给石头堵好了,就差这袋水泥抹严实,天就结实了,就砸不着我了。

我在柴庄住一年,很多时候爸妈不照面,便是柴大娘带我吃穿用度。柴大伯不着家,柴大娘便是再忙,也要顾上我,何况他们还有一个女儿,名叫柴静。柴静长得好看,脑袋灵光,真像电视里的柴静一样漂亮。柴静已经上高中了,可她不好好上高中,常偷偷带我去玩。她一定谈恋爱了,她总问我有没有人追我。我没吭声。她又问我有没有喜欢的小女孩。我低下头红着脸,更不敢吭声。我想告诉她,我想大喊,就像喊“我要死了”那样大声,我说:“有啊有啊,我喜欢你啊。”柴静小姐姐眼珠子骨碌碌一转,便把我带到河边。河里没有水,都是芦苇。她站在岸边,汗水淋漓,头发湿淋淋,碎花裙子也贴身子,好像她刚刚从面前的河水里游上来,变作一只美人鱼,来不及干燥,便与我幽会。柴静没放过羊也没放过牛,她说我们放云吧。芦苇丛苍苍茫茫,撑满了多云的天,云彩一忽儿变羊一忽儿变狗一忽儿变牛一忽儿变马,我们便冲天吆喝,名曰放云。许多样子的云压得很低,低低掠过一座庞大的监狱。许多哨兵荷枪实弹高站墙头,红彤彤的剪影,多出几只肢肢脚脚,像煮熟的螃蟹。他们一家待我如此之好,下辈子做牛做马我也没法报答他们。监狱大门的前头有很大一块地,种着许多树,树是苹果树,到了结果的季节,我溜出家门,来到这片果园。我侦查好了,这里没人,果实累累。人算不如天算,今天人数众多。他们一例光头,人人穿着一样的横条纹病号服蹲在树下,发青的头皮微微颤动。他们在给苹果树除草,安安静静,一不喧哗,二不越轨。他们后头跟的是荷枪实弹的狱警。我走在中间青砖铺就的路上,道路两边排着羞赧的病人和严肃的狱警,狱警没有拦我,病人们也没有凶神恶煞。道路结尾了,我只捡了几个熟透的发皱的苹果装进兜里,败走麦城。回到柴静家院里,我没把这些发烂的苹果送给他们,我觉着丢脸,于是把它们埋进竹林里,就像埋葬一只死猫。整个院门开在正当中,正冲堂屋门,柴大官人便在院当中砌一堵影门墙,影门墙前栽种一小片竹林。我从没说过这事,不知怎么透进柴大娘耳朵,大人们乐开了花,柴静也笑得冒泪,好像她失了恋,因为失恋而痛哭流涕。未隔许久,柴大娘也要认我做干儿子,爸爸妈妈也没松口,遂作罢。

我初中行将毕业,爸爸妈妈才从菏泽老老实实回来,一分钱没挣着,反倒背了一身债。爸爸妈妈不是每回再去菏泽都去看望柴大官人他们一家的,每次去了妈妈都说:“我们搬了新家了。”好像新家很新,其实没有。

就像我长大以后搁饭馆吃饭,听到隔壁饭桌的一对男女聊天。那天下着小雨,男人穿着拖鞋,吃饭过程中他就把赤脚架在旁边的凳子上;女人呢微胖,头发拉直了倒垂,微微发黄,跟男人说:“主要是他跟我扯皮你知道吗,他一会儿说家里人在老家给他找了工作回不来一会儿说他妹妹抑郁症什么的,我说你他妈不就是想分手吗。他说是。我说那就分手啊你跟我这拖什么呢。他就是拖你知道吧，隔不几天他就给我发短信说他在我楼下，顺便把他落在我家的东西带走。我说你别上来我新男朋友在这儿。他砰就炸了，说，你真行，东西我不要了你扔了吧。我说好。”

听到这里，我便纳闷这个失恋的女人为什么用“新”男朋友，而不说男朋友呢。如果她说：“你别上来我男朋友在呢。”也能无误传达她的表述。这个问题困扰我很久，直到我写这段文字，想到妈妈说“搬了新家”，我才明白，这个女人根本没有男朋友，她就为了气她的这个“旧”男朋友特意用了“新”字，也没有十分特意，只是她情感浓烈的自然流露。

是的，“新”就是没有啊。

《散文》2019 年第 11 期首发

冯杰

北中原记事

乡村现实主义里的抒情诗人

我老师说过箴言:“要想让一个人贫穷，就让他去写诗，譬如你。”

我周围大部分诗人都是协作出版,出版社怕出诗集赔钱。我做文学梦是二十二岁那一年,背着母亲,搭车到兰考印刷厂,私自印了一千本没有书号的非法诗集,卖了三十年还没卖完。

我的一位冯姓同宗,也是诗人,出书两本,属以下类型:一、暧昧不清的香港书号,自找印刷厂;二、有不知转手几次的“远方出版社”。远方在哪里?反正很远。爱情价更高,远方路更远。两种相同的一点是,都需要钱。

有一年省里研讨作协会员,我作为评委,犯了一点私心,把他执着文学的奋斗史夸张说给大家:这样的基层作家不鼓励,我们还能叫联系人民扎根人民吗?有位评委马上驳斥:文学不是救济。我说只当救济我啦。大家齐笑,说,只当听你说相声吧。

这一年,他光荣地加入省作家协会。

本是善心,哪知害了他,那年去他家,他妻子见我埋怨,自从你给他操办个啥××作家证,他一喝罢汤就把那黑皮证放在桌上,看着傻笑,睡觉时放在枕头边,写诗劲头更大啦。你在省城门路广,就不能教你哥一点正经的致富门路?眼看大儿要结婚,院墙缺口还没垒,张着大嘴。

她手一指,院中有一段倒塌的墙。

我有点内疚,为自己开脱:“嫂子,我也是个书呆子,儿子也待业,我也不想求人,只会在字里横冲直撞。”我狡辩说:“看我哥就这点爱好,他又不外出洗脚按摩,吃喝嫖赌,笔下全是歌颂人民,哪儿找这良好习惯。”不说还好,一说她又上火:“你少打圆场。看看全县,哪个清亮的人在写诗?”

在县城以后的文艺日子里,他每出一本诗集都亲自送给我,题上“杰兄覆瓿”,说这还是跟你学的,古称,雅称。我说寄来就行了,搭车花费大。他说,我就想和你一同感受一下文学气氛。我便不敢再深入。我一细算,十年出了三本诗集,一本至少花一万元,加到一块儿也是个荒唐的数字。

他出第一本诗集时,妻子说,为了满足他,算是忍了。后来他又要借钱出诗集,妻子便恼火了,老婆孩子全家联合反对,议会不获通过。妻子说,知道你会写两行诗,出一本过过瘾就算了,哪知你不知好歹,把写诗当正事儿啦,钱都用到抒情上,念出来大家还听不懂,日子以后还过不?

劝架时我没敢说话,他妻子是一位农村妇女。

我刚调到郑州那年,他来找我。他说也姓冯,也写诗,和你一样也是北中原诗人。

自己有原名,改名冯筝,好风相送步步升高的意思。他说历史上姓冯的文人多,有冯延巳、冯梦龙,总书记在福建还到过冯梦龙当知县的寿宁;还有冯子材,打败法军;冯玉祥,将军诗人。越说越远。前面文学靠谱,后面历史牵强了。

刚说到艾青,如酒精点燃,他开始给我背自己的诗:“当大地的曙色来到人间,我满怀玫瑰色的理想。”历史上,两个诗人第一次见面就背诗是相信对方,诗很长,我记得头两句,好不容易听他背完,他说还要背诵第二首,我不好拒绝,他紧着问我,好听吗?

我说好听。

有一个例子,让我这专业作家也感动。那一年他为了南京大屠杀要写一部长篇叙事诗,名字叫《长夜,长夜》,一人买票搭车到南京,晚上为了省钱,在车上站了一夜,其他日子则是带一方凉席在立交桥下凑合一夜。

第二次来,他拿出两本诗集,问我如何开作品研讨会。我实话说怕伤他心,还是想打消他的念头。我说开研讨会分大中小三种。想弄大在北京,请相关评论家、媒体,发红包、车马费,报纸买版面,花销大;中等是在市里,我来组织人马,友情出场,中午大喝一场,让你听些花言巧语;小的你在县里,把你亲戚拉上,我作陪。我说,要是有人赞助玩一把更好。

他说,我背着老婆攒了一万块钱,够吧?

我一阵沉默。这钱在郑州还买不到一平方米房子。我说先给你家院墙垒一下。

送他时,穿过大厅一面杜甫青铜浮雕,面带铜色的老人家正行走在唐朝的秋风里,题识是刚去世的书法家陈天然书迹:"月是故乡明"。

一年后传来消息,诗人死了。

我想起来那一年春天,我第一次到他在县城的院子,院墙张着大口,远远看到院里一棵樱桃树。满树樱桃,两只伯劳在偷吃,诗人一来,便像两个句子一样惊飞了。

咳嗽的颜色

我们逃学后开始做一种历史上的对比。村里谁咳嗽声最响,说明谁的辈分就大。村东最大的老爷咳嗽声就大。

王卫东比王卫彪的咳嗽声大。

马天礼比马三强咳嗽声大。前者是爹。

我二大爷比我爸咳嗽声要响亮一些。

村里学问大的人咳嗽声还带着一种"飞白",譬如胡半仙。

那几个光棍从来就不习惯大声咳嗽。

两个村的孩子在村头相遇,就在黑暗里开始比咳嗽,比到最后就不比声音了,因为咳嗽声音达到极致,需要动拳头开打。有时在黑暗里咳嗽不几声就达到乡村高潮,在有距离的冲突里,只有动用砖头、坷垃。“坷垃仗”一般多在白天开打,能看到砖头在天空纵横的弧线。但夜间开“坷垃仗”往往有神来之笔,让你预测不到明天谁会中弹包脸裹头。村里后来大孩子分派别,也是根据全村的咳嗽声而定。黑暗里能分清咳嗽的颜色。

孙好斗娶了本村孙好缨的表妹,结婚后,有一天心血来潮,孙好斗问媳妇,你相中我啥?

媳妇说:就是当年你咳嗽声最大。

说得孙好斗有点泄气。

媳妇补充说:你咳嗽声像李书记。

李书记除了好吃鹌鹑,就好咳嗽,开一场会要咳嗽几十声,没有咳嗽声的会议是不成功的会议。李书记从早晨开始咳嗽第一声,到睡觉收尾,子夜时分不咳嗽。他的咳嗽声响起,一村司晨的公鸡都不再叫。到中午,下蛋的母鸡也不敢叫了。

我爸一向把最高的东西都爱形容为“红头文件”。

我总结了,李书记的咳嗽声是红色的。因为他在开会前必须咳嗽三声,再接着宣读红头文件。

有一次正在打牌,我学了一下李书记的咳嗽声,牌显得慌乱。

我没有学像，大家都笑，却得到我爸的赏识：看看，这货，这货。

我爸一直期待我有朝一日能出人头地，也当一个书记，也在人群里发出红色的咳嗽。

两岸要饭记

【1】上水

黄河有“铜头铁尾豆腐腰”一说。

从青藏高原一路撞下来，它软硬兼施，浩荡东流，经过中原桃花峪成为中下游，到兰考东坝头，它不歇气，拐头北上，直奔大海。长垣兰考两岸属这块“豆腐腰”里的一段软腰，这是九曲黄河的最后一道弯，一条五千多公里长的大河，数此地两岸河床最宽，易把控不住决堤泛滥。多少年里，在这块“豆腐腰”上蔓延过苍老的白云和鲜绿的草滩。

我生活在黄河西岸。西岸是封丘、长垣。东岸是兰考、东明。黄河每年要发水，两岸叫作“上水”，含有一丝恭敬之意，上水不同于上酒上茶，上水预示着房倒屋塌，是度荒开始。

黄河滩里的同学田振河说，上水时，俺家夜里听到房塌声，扑通扑通，响得几十年后还胆战心惊。

【2】大爷

两岸乡村，经常碰到要饭者，多以老人妇女为主，有的女人拖带着小孩子，一路擦着鼻涕。其中不乏有艺术细胞者，会打一段“莲花落”，乒乒啪啪，把气氛也打热了，竹板增加了喜剧效果。我母亲每当听到门外竹板声响，不劳那人开唱赶紧把热馍送上。

要饭者都挎着柳条编的长篮，篮子小舟的形状，大得似乎要张口吞下一个饥饿的村庄。

在东岸兰考，人们问要饭者，哪儿的？

长垣的大爷。

在西岸长垣，人们问要饭者，哪儿的？

兰考的大爷。

答话里有停顿和紧凑的妙处。中原人苦时也自找苦乐。尽管两位落魄者都是要饭的“大爷”，幽默里不乏苦涩。

阳光下，许许多多的大爷在黄河滩像蚂蚱一样蹦跶。

我有一个五大爷要过饭，最远跨河要到菏泽，积累有宝贵的行乞经验：要饭要选择范围，不要在自己村里要，更不在自家门口要，碰到亲戚熟人会拉到家里，面子上过不去；要行云流水远走他乡，既磨开脸面又自由自在，话也好说“圆番”。

两岸形成了“河西人到河东要，河东人到河西要”的规律。接近两岸人才交流。

【3】要饭

要着要着，便要成了一种“自由职业”。五大爷说：要饭让人生懒，能要三年饭，给个县长也不换。

多年后，我才看到苏东坡讲的那个穷汉言志的故事。

我在电影《焦裕禄》里看到一个片段：在中原寒冷的冬夜，焦裕禄来到兰考火车站，站在弥漫的大雪里，他面对着的是一个逃亡的兰考:那些站着的、蹲着的、依靠拐杖立着的,黑压压一地,来自全县各村,携家带口,一个个要扒火车外出要饭,他们在大雪里静默。

我看时眼睛湿润,如鲠在喉。人生落魄时没有上策下策选择,只有听天由命。

【4】口音

小代是一位八〇后,在郑州创业,拥有好几家门店,去年回乡当支书,他母亲为此事至今不愿理他,骂道:好不容易跳出穷坑,咋能又折回?

年轻的代支书对我说,自己一家和要饭也有关联,他爷要过饭,是当年兰考要饭大军里的一员,还有一位大伯要饭,一路要到豫西,被一户人家看中,当了倒插门女婿,近几年才搭上线来往。

从 1964 年焦裕禄去世到如今,半世纪里,“兰考”几乎是贫困的代名词,像一片桐叶包裹着苦涩。

我对兰考人的口音熟悉,无论在郑州或其他地方,听口音就能判断出。有意思的是,兰考人在外地从来不说自己是兰考的,都说是开封的,再问顶多说开封东。甚至两个陌生兰考人相见,都不会说自己是兰考的,一说出来“兰考”二字马上低半截,会被人瞧不起。

小代对我说,连自己说是兰考人都没底气。

要饭的名声像粘身的皮袄,兰考人一直穿着,揭不掉。

【5】村事

他当村支书第一件事是改善街道,在村里修了十一条路,村里道路原先四米宽,办红白喜事根本过不去车,现在八米宽,最宽十四米。他把道理讲透后,家家通情达理,有的人家让出四分地,他给三家补修了小门楼,墙上雕着花。

街道名起得很“形势”:田园路、如意路、文明路、幸福路,放到郑州也能跟上形势。

全县都种蜜瓜,他有自己的主意,不“随大溜”。产业多样化,种植葡萄、苹果,培植草坪,因地制宜,只种能让老百姓立竿见影放心的。

今年增加水产养殖,在冬天要举办村里“第一届捕捞节”。

临走时他对我说:到时来捞一把吧,捞住捞不住都让你吃鱼。

【6】化石

有一天,我在郑州堵车,听到挖沟的一个民工问一个骑摩托车送外卖的:哪儿的这么气势?小伙子大声回答“兰考的”。语气带着底气。

我想到多年前那个关于两岸大爷的话题。

大河两岸,“要饭”一词以后会成为一个语言化石,需要语言学家加上历史学家注释,后人才能懂得。

那次我在兰考焦裕禄纪念馆,除了看到那把符号般的藤椅,看到了熟悉的农具、箩头、簸箕、笆斗,竟看到一只用柳条编的篮子。熟悉的面孔,上面肯定也沾过饭汤、鼻涕、眼泪和一段莲花落。

《散文》2020 年第 11 期首发

刘诚龙

绝交的典范

散文 ESSAY

山涛与嵇康是好友，一起写过诗，一起喝过酒。诗人与酒汉有甚感情？诗人加酒汉更无感情，喝了二两马尿，牛头自比诗界管仲，马面自许文坛乐毅，于是牛头马面两位文学界有头有脸的宿儒，先是捋袖后是揎拳，干起来了。渡尽劫波都不兄弟在，相逢再骂哪肯泯恩仇？

与一起扛过枪一起嫖过娼比，一起写过诗一起喝过酒，情谊当来得深厚些。我不是说，前者是狐朋狗友，狐朋狗友也有逻辑，仗义每多屠狗辈的；我说的是，诗酒风流，可见同道，同门曰朋同道曰友，同出诗门，不辱斯文。山涛是蛮讲感情的，好处都想着兄弟，无好处在想着，小好处小想着，大好处大想着。这跟睡我上铺的兄弟大异其趣。睡我上铺的兄弟：没好处，他大想着我；小好处，他小想着我；大好处，他不想着我。

山涛是，小中大好处，或有无好处，都想着嵇康：打了野鸡剁了牛肉，喊嵇康一起诗酒快活；高端论坛丰厚笔会，没忘叫上嵇康文人聚会。山涛升官了,空了一个位置,不用嵇康开口,山涛早把工作做在前头,他已向组织推荐了嵇康。我吃肉绝不给你喝汤,咱们一起举箸,大口吃肉大碗喝酒,大嘴巴骂娘。山涛够朋友。

没承想,山涛搛起筷子吃肉,放下筷子不骂娘的。山涛跟嵇康玩得多,还真没懂嵇康。这,怪不得嵇康。人的心性到底如何,其他试剂要去医院找,误诊率蛮高的;心性试剂找一碗骨头汤,就测个八九不离十。吃肉与骂娘,情形是蛮复杂的,有的是搛起筷子吃肉放下筷子骂娘,有的是搛起筷子吃肉放下筷子不骂娘,有的是不搛筷子吃肉也不放下筷子骂娘,有的是不搛筷子就为了骂娘。嵇康是属于最后的士大夫,所以他属于最后一类:我就不吃你的肉,我就要赢得资格来骂你。

后来事情,大家都知道——当然,晓得的多是知识界的,嵇康做了一篇宏文,题目叫《与山巨源绝交书》。你喊我去当官,你是对我好?你在害我,你自己爱吃狗屎,你也叫我去吃狗屎啊(己嗜臭腐,养鸳雏以死鼠也),你安的是什么心?我跟你什么深仇,什么大怨,你竟然这样来谋害我前辈子人格陷害我后辈子人生(自非重怨,不至于此也)。什么朋什么友,什么知心,什么知音,有多远,你给我滚多远(其意如此,既以解足下,并以为别)。

痛快,过瘾,高,一篇绝交即千古绝唱,其时万人其后万古,手掌拍得绯红,万众一心叫好。给谁叫好呢?可给山涛叫好啊,山涛蛮重情蛮重义的,有好事先想着兄弟,愿与兄弟旅进旅退,能结识这般兄弟,三辈子修不来这福分,至少得千年才修得来。齐声唤,千人赞,万口传,赞的是山涛义气?非也,滔滔沸耳颂声,都是歌赞嵇康的。嵇康铁骨铮铮,嵇康气节棱棱,“嵇叔夜之为人也,岩岩若孤松之独立”。赞美士人最高词是:精神自由,人格独立。

嵇康是孤松之独立,形象树立起来了。相较下,山涛其人变得猥琐了,变得难看了,变得与厕鼠无异了。这其中有两般逻辑在此消彼长。一种是权力逻辑,一种是道德逻辑,说得明白点,一种是在朝逻辑,一种在野逻辑。两逻辑掐架,谁胜谁败?胜负难说,只能说各有优势,各有劣势,各有胜各有败,或谓各自时胜时败。在朝逻辑凶起来,不仅毁你形象,更是杀你老命;在野逻辑狠起来,自然再狠也狠不过在朝逻辑,不过也不差口,不差笔,不差笔杆子杀人。权力逻辑,常将人捆绑在政教裁判所;道德逻辑,常将人钉死在历史耻辱柱。

这两逻辑掐架与对阵,谁胜谁负?最是体现在嵇康身上,非谁胜谁负,是谁时胜是谁时负。在朝逻辑往往是当时胜的,在野逻辑往往是后时胜的,在朝逻辑,将嵇康举起屠刀,将嵇康老命都割了,一时权在手,便把令来行,得令得令锵,不是牛皮烘烘,而是狼气赳赳;然则,其后呢,面目狰狞的在朝逻辑成众矢之的,人人都要踏它几脚,吐它几口唾沫——当年替在朝逻辑喊口号,杀得好,杀得好来就是杀得好的,这时候都转了口型,换了口气,横眉冷对千夫指了。

嵇康在自媒体上发表《与山巨源绝交书》,转发、点赞、打赏、给“好看”的,也是在野逻辑力量在显影。山涛拜读了对他形象杀伤力等同原子弹的雄文,他说什么来着?他什么都没说。要说憋屈,嵇康憋屈，山涛也憋屈。对你一片好心，你给我什么？好心没得好报，黄泥巴打黑灶，我投之一桃，你泼之一粪，这不憋屈啊。山涛却是不作声，这里是山涛心性呢，还是怕在野逻辑呢？山涛若辩，估计是骂声排山来，唾沫倒海淹。为免受更大的次生伤害，山涛选择闭紧嘴巴。

以气节言，嵇康是大胜于山涛的；若以胸襟言，山涛更胜嵇康一筹；若从人际交往与人性襟怀言，且说句得罪诸位的话，嵇康是有点不厚道的。你不当官就不当官嘛，人家要找份工作，养家糊口，好像也没错到哪里去；绝交就绝交，写什么公开信，发什么自媒体？嵇康把自己抬到了封神榜，却也把别人推上了录鬼簿。树立自己高大形象，是可以的，把别人拿来垫底，这般道德逻辑是不道德的。

言重了。可能诸位——包括智商千百年来一直非常自信的诸士——或都被山涛与嵇康给蒙蔽了。这俩哥们儿，不是在互黑，不是在互掐，而是在唱一曲双簧，唱的是哥儿俩好，谱的是齐贤曲。嵇康在损山涛不，不；嵇康在描黑山涛不，不。兄弟，你看了前因，还看后果好不好，前因后果都看了，不断章取义了，你就知道，嵇康在抬举山涛，嵇康在描红山涛。

在朝逻辑正在取胜在野逻辑的当口，也就是嵇康弹完了《广陵散》，摔了琴，权力磨刀霍霍，举起屠刀那晌，嵇康与山涛，两位江湖绝交之人，却相交心灵深处。你说他俩道不同不相与谋，你说他俩老死都不相往来，你读《与山巨源绝交书》，你是这么理解俩人的吗？真实情况，却在打你脸，嵇康抓紧生命的最后时刻，让你感觉意外，他俩关系在反转。

彤云低锁,山河呜咽。刽子手的屠刀冷面寒光,一次寒彻千年的屠杀正在进行中,万千人愿意自家性命换取嵇康高昂的头颅,却打不动野蛮的权力逻辑。其时,嵇康一对儿女来了,儿女都小,是嵇喜带来的。嵇喜何人?是嵇康之兄,有血脉相系,有血缘相连,他领着侄儿侄女来看父亲最后一眼,那一眼是如此悲凉彻骨,儿女们放声大哭,"巍峨若玉山之将崩",哭声是如何撕人心、裂人肺?嵇康摸了摸儿女,抚其背,摩其头,笑着说:别哭,别哭,有你山涛叔叔在,你们以后不会孤苦(巨源在,汝不孤矣)。

没说错吧?没说错,是嵇喜伯父,还是山涛叔叔?没错,嵇康说的就是山涛叔叔。嵇康临终托孤,将儿女一生幸福相托付的,没托与一笔难写两个嵇的伯父嵇喜,而是托付曾经他要绝交的、被他骂得狗血喷头的,并没血缘关系的山涛。

以俗事相托,车子被扣了,给我去办个事咯,这是信任,却是最浅的信任;以钥匙相托,我玩几天去了,给我看个屋啊,这是信任,是算深的信任;以娇妻相托,我外出打工了,多照顾我老婆啊,这是信任,是蛮深的信任(阁下不值得这般信任,关羽是值得的);以老命相托,我快不行了,兄弟,藏诸名山的著作交你保管啦,这是信任,是深刻的信任;以孩子相托,哥们儿,我孩子交给你了,这是最深级的信任,最高层次的信任。国事相托,才是最深与最高信任?不。我不相信,我不相信国有疑难来问你,我更相信的是,子有灾难来托你。

被嵇康骂得灰头土脸的山涛,斯时甚表现?嵇康绝了《广陵散》,山涛没在现场。在都不在,却相寄托?我只能说,山涛与嵇康,不是面交之朋,而是心灵之友,他们心灵深度契合。当年写“绝交书”,山涛见到的是嵇康“你的风骨”,如今写“绝命诗”,嵇康见到的是山涛“他的胸襟”。嵇康将儿女托孤山涛,这是对山涛人品的最深信任,是对山涛人格的最高礼赞。山涛不曾辜负这份信任,山涛不曾愧对这份友谊。他将嵇康这对儿女,领到自家,视同己出,胜同己出,“嵇绍垂髫日,山涛筮仕年。琴樽陈席上,纨绮拜床前”,管其温饱,管其学习,管其玩耍,没让输在起跑线上,硬是把老冤家老朋友临终所托之孤抚养成人。

嵇康儿子叫嵇绍,成年后,要成家,须先立业,山涛去找了当权派,向武帝司马炎举荐,可以让嵇绍当个侍郎,“《康诰》有言:‘父子罪,不相及。’嵇绍贤侔郤缺,宜加旌命,请为秘书郎”,老爹有罪,其子无罪,其子有德,当加使用。这个武帝,这回没混账,顺了山涛之推,更高于山涛之荐:“如卿所言,乃堪为丞,何但郎也。”不,不,嵇绍能力可以,能担任丞相,何止一侍郎?“乃发诏征之,起家为秘书丞。”

这不是又找骂吗?当年推荐嵇康去当官,被嵇康骂了一顿饱的,又想找抽啊,将嵇康儿子推荐去体制内了。这置嵇康于何地?这确乎没置嵇康“得其意哉”,却是置嵇康之子“得其所哉”。这里所说的得意与得所,你或觉得有所乖离,那是你理解有误,其实是合一的。嵇康自己要闹名士,拒绝世俗享受,但他对儿子不是这么期望的。其做《家诫》,诲语谆谆,儿女情长,叫儿子要做君子,莫做名士,树下打铁不是出路,安排山河方见出息,可以去领略世俗幸福。自己拒绝世俗，却叫儿子去感受世俗，这里，不是自我人格分裂，而是父子情深，是最深的父爱。山涛将嵇绍推荐入朝，是得嵇康之意的，也是可让嵇绍得其所的。叫自己越名教而任自然，叫别人不越底线而任世俗，这是自掌掴、自打脸不？不与当朝配位，叫与体制合作，两句话都是真心的。独立是叫自己独立，自由是不干涉他人自由，不把自家选择越名教去绑架他人任世俗，正是自由与独立之要义。有人将这两词，造句万通，没几句是通的，多是不通。

嵇康与山涛，在出世与入世，在体制内与体制外，在守礼教与越名教上，都是惺惺相惜，都是在唱双簧？指定不是的，他俩是有很大落差的，两人尿不到一壶里去，也是真实的。只是，道不同不与谋，便得道不同人与仇吗？也是未必的。立场不同，政见不同，性格不同，志向不同，便连朋友都做不成？人情叙事与人性逻辑，可以不必如此。政见之别，算甚别？立场之异，算甚仇？在朝在野，算甚怨？不是天壤之别，不是杀父之仇，不是夺妻之恨，不是凤愁鸾怨。两人在群里各自表明了一下态度，便破口大骂，便使腿踢群，便血海深仇，便视同敌我，便闹嚷嚷着要绝交，便气汹汹要追命，真个是人间恶境。

闹嚷嚷要绝交，或是可以的，可以赢得名士声名；气汹汹要索命，不可以的，但见你狭士牲名。你一直在夸嵇康有魏晋风度，你真个懂得嵇康有人性温度？

嵇康绝交书，左眼见绝交之典，右眼见深交之范，左右眼一齐以观，便可见是二合一，既是绝交之典，更是深交之范。

《散文》2019 年第 7 期首发